머뭇거리면 청춘이 .... 아니다

지은이 **고레히사 마사노부** 是久昌信

1962년 히로시마 출생. 2007년 사람의 마음을 움직이는 심리기술인
NLP(Neuro-Linguistic Programming)와 카운슬링 기법을 결합한
자기계발 노하우, '프로 매니지먼트'를 개발했다.
현재 기업과 개인의 변화를 이끌어내기 위한 컨설팅과 세미나 등을
전문으로 하는 회사 '그레이스'를 운영하고 있으며 보다 나은 미래를 위해
계속 새로운 꿈에 도전하고 있다.

옮긴이 **민경욱**

1969년 서울에서 태어나 고려대학교 역사교육과를 졸업했다.
1998년부터 일본 문화 포털사이트 일본으로 가는 길(www.tojapan.co.kr)을
운영하며 국내에 일본 문화를 소개하고 있다.
옮긴 책으로는 요시다 아쓰히로의 『그 후로 수프만 생각했다』,
히가시노 게이고의 『11문자 살인사건』, 『브루투스의 심장』,
『아름다운 흉기』, 요코야마 히데오의 『종신검시관』 등이 있다.

머뭇거리면 청춘이 ……… 아니다

당신의 가슴을 뛰게 할
45인의 인생 수업

고레히사 마사노부 지음

민경욱 옮김

블루엘리펀트

"지금 우리에게 필요한 것은
포기하지 않는 열정입니다"

이 책을 통해 당신과 만나게 된 것을 매우 기쁘게 생각합니다. 지금 당신이 들고 있는 책을 쓰게 된 이유는 제 마음속에 자리한 열정 때문입니다. 열정은 어떠한 역경과 시련 속에서도 결코 포기하지 않고 마침내 자신의 꿈을 이룬 사람들이 제게 가르쳐준 소중한 삶의 지혜입니다.

그들의 열정에 다시 눈을 돌리게 된 계기는 사업 실패였습니다. 서른두 살에 회사를 세워 7년간 키웠고 조금만 더 노력하면 주식 상장도 가능한 현실을 눈앞에 둔 시점이었습니다. 하지만 사운을 건 거대 프로젝트가 제대로 진행되지 않아 사업에 실패하고 사업가로서의 신뢰도, 함께 일했던 동료도, 자금도 모두 잃고 완전히 무일푼 상태가 되고 말았습니다. 사실 엄청난 부채를 짊어졌으니 무일푼이 아니라 마이너스 상태라고 해도 과언이 아니었습니다.

'내 꿈은 끝났다…….'

제 마음속에서 타오르고 있던 열정의 불꽃이 꺼지기 직전이었습니다.

그때 저는 한 남성의 이야기와 만났습니다. 그의 파란만장한 인생을 알게 되면서 저는 꺼져가던 열정의 불꽃을 다시 한 번 지필 수 있게 되었습니다.

그는 30대 중반에 시작한 주유소 사업에 실패했고, 새로 시작한 레스토랑 경영이 겨우 본궤도에 올랐을 때 함께 일하던 아들을 잃었습니다. 게다가 레스토랑에 화재까지 났습니다.

그 후 자신만의 양념과 조리법을 내세운 메뉴로 다시 레스토랑을 일으키려 했지만 근처에 고속도로가 생기면서 자동차들이 우회하는 바람에 손님들이 격감해 결국 레스토랑을 내놓고 말았습니다.

그의 수중에 남은 것은 자동차 한 대뿐이었습니다.

하지만 밑바닥 생활 속에서도 자신이 개발한 양념과 조리법을 이용한 프랜차이즈 사업을 고안해냅니다.

그때 그의 나이는 예순다섯 살.

차에서 지내는 생활을 하면서도 미국 전역을 돌아다니며 장사를 계속했습니다. 그는 결국 1,010명을 만난 다음에야 처음으로 프랜차이즈 계약을 맺을 수 있었습니다.

그가 만든 패스트푸드 프랜차이즈 업체 'KFC'는 현재 전 세계 80개국에 1만 개 이상의 점포를 갖고 있습니다.

그 사람의 이름은 커넬 샌더스입니다.

그는 불굴의 정신, 불타는 열정으로 큰 성공을 거뒀습니다.

저는 그에게서 '꿈을 이루는 데 나이는 상관없다' '포기하지 않으면 꿈은 반드시 이루어진다'라는 가르침을 받았습니다.

제가 사업에 실패한 것은 서른아홉 살 때였습니다.

커넬 샌더스의 이야기를 듣고 열정이라는 선물을 받은 저는 마이너스 상태에서 재출발할 수 있었습니다. 덕분에 경영 컨설팅과, 자기계발 세미나를 전문으로 하는 회사를 성공시켜 마흔 후반의 나이에도 새로운 꿈에 도전하고 있습니다.

이 경험을 계기로 저는 꿈을 이루고 세상에 큰 발자취를 남긴 사람들의 인생에 관심을 갖기 시작했습니다. 그리고 그들에게는 몇 가지 공통점이 있다는 것을 깨달았습니다.

1. 꿈을 갖는다. | 원하는 미래를 상상합니다. '망상'이라 불릴 정도의 큰 꿈입니다.

2. 꿈을 꾼다. | 뛰는 가슴으로 늘 생각합니다. 열정의 원천인 것입니다.

3. 꿈을 이야기한다. | 항상 '나는 할 수 있다'라는 생각으로 스스로를 다독이며 자신감을 갖습니다.

4. 꿈에 도전한다. | 꿈을 행동에 옮깁니다. 가능한지, 아닌지는 해보지 않고는 모릅니다.

5. 꿈에 산다. | 절대로 포기하지 않았습니다. 아무리 힘든 일이 닥치더라도 계속 노력하면 꿈은 이룰 수 있습니다.

그렇습니다. 꿈을 이룬 사람들은 모두 아무리 힘든 환경 속에서도 꿈을 잃지 않는 열정을 지녔습니다.

세상에 이름을 남긴 과학자, 정치가, 예술가 같은 위인이나 성공한 사람이라 불린 사람들도 처음에는 모두 평범한 사람이었습니다. 오히려 큰 핸디캡을 짊어지고 마이너스에서 도전했던 사람들이 많았습니다.

그 장애와 역경을 뛰어넘은 비결은 바로 그들 마음속에 있던 '열정'이었습니다.

이 책을 선택한 당신의 인생에도 시련과 위기가 찾아왔겠죠.

시험이나 취업 혹은 맡은 일에서 실패해서 큰 좌절을 겪었을 때, 꿈에 다가서지 못하는 자신의 인생에 분노를 느꼈을 때 이 책 속의 꿈을 이룬 사람들의 이야기를 읽어보길 바랍니다.

어느 페이지부터 읽어도 상관없습니다. 책을 펼치는 순간 그곳에 당신에게 힘이 되어줄 말과 열정이 넘치고 있을 테니까요. 당신의 소중한 사람들에게도 이 이야기를 선물해주세요.

당신의 인생이, 당신의 매일이 사랑과 열정으로 가득 찬 날들이 되어 꿈과 희망을 이루길 진심으로 기원합니다.

고레히사 마사노부

CONTENTS

Steven Allan
Spielberg
1946. 12. 18. ~
3

01

꿈이 이뤄지는
마법의 이력서

당신에게 마법의 이력서를 드리겠습니다.
써넣은 것이 현실로 이뤄지는
마법의 이력서입니다.

먼저 당신이 원하는 직업부터 써보세요.
나이, 학력, 경력에 구애받을 필요는 없습니다.
원하는 직업을 적었다면 이를 이루기 위해
구체적으로 무엇을 해야 할지 나이별로 다시 적어보세요.

당신보다 한발 앞서 마법의 이력서를
손에 넣은 소년이 있었습니다.
소년은 열 살 때 영화감독이 되기로 결심했습니다.

열두 살 때 8mm 카메라로 촬영을 시작,

여덟 편의 영화를 찍었습니다.

열여섯 살 때 자신이 찍은 첫 번째 SF 영화

〈불빛〉을 동네 극장에서 상영했습니다.

열일곱 살 때 영화 촬영장에 구경갔다가

빈 방을 발견하고 자신의 사무실로 사용했습니다.

촬영장 구석구석을 돌아다니며

마치 직원인 양 영화계 사람들과 어울렸습니다.

소년은 그때 이미 세계 최고의 영화감독이

되겠다고 결심한 것입니다.

그리고 마법의 이력서에 써넣은 대로

스물세 살 때 제작자를 만나 첫 번째 히트작을 내놓았습니다.

이후 이력서대로 영화사와 계약을 맺고,

이력서대로 흥행작을 차례차례 세상에 선보입니다.

＊1971년 〈결투〉

＊1975년 〈죠스〉

＊1977년 〈미지와의 조우〉

＊1979년 〈1941〉

＊1981년 〈레이더스〉

★1982년 〈E.T.〉
★1984년 〈인디아나 존스〉
★1993년 〈쥬라기 공원〉

그는 지금도 마법의 이력서를 쓰고 있습니다.
마법의 이력서는 머릿속의 상상을
현실로 만들어주는
자신만의 꿈의 시나리오입니다.

이름_스티븐 앨런 스필버그

생년월일_1946년 12월 18일

나이_66세

직업_영화감독

그는 우리에게 이렇게 말합니다.

//나는 밤에만 꿈꾸는 것이 아니라
하루 종일 꿈을 꾼다.
나의 고민은 상상력의 전원이
꺼지지 않는 것이다.//

자, 이제 당신도 원하는 미래의 모습을
머릿속으로 상상해보세요.
그리고 꿈을 이루기 위한 마법의 이력서부터 써보세요.
나이, 학력, 경력은 상관하지 마세요.
'언제부터 시작할 것인가' 만을 결정하세요.

마법의 이력서를 쓰는 바로 그 순간

당신은 미래의 꿈에

한 발짝 다가선 것입니다.

스티븐 앨런 스필버그
Steven Allan Spielberg, 1946. 12. 18. ~

미국 오하이오 주 출신의 영화감독 · 제작자. 17세 때 유니버설 스튜디오에 몰래 들어가 영화 제작을 배운 뒤 1974년 영화감독으로 데뷔했다. 이후 〈죠스〉〈E.T.〉〈백 투 더 퓨처〉〈쥬라기 공원〉 등 숱한 흥행작을 선보였다. 특히 〈쉰들러 리스트〉는 1994년 아카데미 작품상, 감독상 등 7개 부문에서 수상하며 흥행성과 작품성 모두 높은 평가를 받았다.

Coco Chanel

1883, 8, 19, ~ 1971, 1, 10,

02

당신의 인생에 날개를 달아주세요

열두 살 소녀는 어머니가 세상을 떠난 후
아버지에게 버림받아
고아원과 수녀원을 전전합니다.

"나는 열두 살 때 모든 걸 빼앗겼다는 사실을 알았다.
그때 나는 죽은 것이나 다름없었다."

외롭고 힘든 10대 시절을 보낸 그녀는
스무 살에 작은 수선 가게의 재봉사로 취직합니다.
하지만 얼마 후 그 가게를 그만두고
카바레에서 노래를 부르며 생계를 이어갑니다.
한 줄기 빛도 없을 것 같은 절망적 삶이

그녀를 짓눌렀습니다.

과거의 삶이 미치도록 싫었던 그녀는
자신의 삶을 개척하기로 마음먹습니다.
그리고 마침내 스물일곱 살에 취미 삼아
만든 모자가 인정을 받아
처음으로 모자 가게를 냅니다.
모자 가게의 성공으로 서른 살에 의상실을 열고,
서른세 살에 디자이너로서
자신의 브랜드를 선보이게 됩니다.

그녀는 우리에게 이렇게 말합니다.

//무엇과도 바꿀 수 없는
존재가 되려면
늘 달라야 한다.//

20세기 초 프랑스 여성들은 몸을 꽉 죄는 코르셋에
장식 많고 무거운 드레스를 입는 것이 당연했습니다.
그녀는 스스로에게 이런 질문을 던졌습니다.

"왜 여성들은 이토록 거추장스러운 복장을
입고 견뎌야만 하는 거지?"

그녀의 "왜?"라는 질문은
기존에 없던 파격적이고 새로운 디자인에
눈뜨게 했습니다.
그 결과 코르셋을 안 입어도 되는 편안하고
심플한 디자인의 드레스를 탄생시켰습니다.

그녀는 다시 한 번 스스로에게 질문을 던졌습니다.
"왜 여성들은 드레스를 입고
집에만 얌전히 있어야 하는 거지?"
이 의문에서 경쾌한 바지 정장 스타일을 탄생시켰습니다.

그녀의 "왜?"는 당시 여성들의 가치관을 바꿔
사회활동에 나서게 하는 계기가 되었습니다.
그녀는 옷을 통해 남성들에게 지배당하고 억압받고 있던
여성들을 해방시켰습니다.

그녀의 "왜?"는 여기서 멈추지 않았습니다.

"왜 향수는 다 똑같은 향이지?"라는 의문에서
다양한 향수 시제품을 탄생시켰습니다.
그녀는 열 종류의 시제품 향수를
의상실 고객들에게 선물했습니다.
그러자 대단한 반응을 불러일으켰습니다.

이에 용기를 얻은 그녀는 특히 인기가 많았던
제품 중 하나를 백화점에서 판매하기 시작했습니다.
그 제품은 다섯 번째로 만들어졌기 때문에
'No.5'라는 상품명이 붙여졌습니다.
그녀의 이름은
코코 샤넬입니다.

시작은 비록 보잘것없고 초라했지만
그녀는 항상 스스로에게 "왜?"라는 질문을 던져
세상 여성들에게 '질 높은 인생'을 선물했습니다.

//날개 없이 태어났다면
날개가 생기는 것을 막지 마라.//

과거의 삶이 싫었던 그녀는
날개 없이 태어난 자신의 인생을 탓하는 대신
스스로에게 날개가 생길 수 있도록
끊임없이 노력했습니다.
그 결과 100년이 지난 지금도
그녀가 창조한 스타일은
전 세계 여성들의 로망이 되었습니다.
"왜?"라는 단순한 질문에서 세상을 바꾸는
최고의 답을 찾아낸 것입니다.

당신도 모든 일에 "왜?"라는 질문을 던져보세요!

세상은 변화를

기다리고 있습니다!

그리고 "왜?"는

당신의 인생도 바꾸어줍니다!

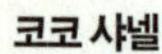

코코 샤넬
Coco Chanel, 1883. 8. 19. ~ 1971. 1. 10.

복식 디자이너. 프랑스 오베르뉴 지방에서 태어났으며 본명은 가브리엘 샤넬이다. '코코'는 애칭으로 가수를 꿈꾸며 카바레에서 부르던 노래 제목에서 따왔다. 1909년 모자 가게 개점 이후 '모드 혁명'을 이끌며 '샤넬'을 최고의 브랜드로 키웠다. 생전에 숱한 남자들과 염문을 뿌렸으나 평생 독신을 고집했다.

Chris
Gardner
1964, 2, 9, ~

03

세상에서 가장 큰 선물은
자신에게 기회를 주는 것

'인생 게임'을 알고 있나요?
억만장자를 목표로
운명의 룰렛을 돌려
카드를 뽑는 보드게임입니다.

이 게임에서 당신에게 이런 카드가 나온다면
게임을 계속할 의욕이 생길까요?

'결혼에 실패한다.'
'사업에 실패한다.'
'무일푼이 된다.'
'주차 위반으로 과태료를 내지 않아 형무소에 간다.'

'임차료를 연체해 가구와 의류가 버려지고 쫓겨난다.'
'잘 곳이 없어 역 화장실에서 잔다.'
'노숙자가 된다.'

실제 현실의 인생에서 이런 카드를 계속 뽑았는데도
삶에 대한 희망을 포기하지 않았던 남자가 있었습니다.

//비록 현재의 삶은 'Homeless'였지만
결코 'Hopeless'이길 거부한 남자.//

그의 다음 카드에는 이렇게 쓰여 있었습니다.
'최고급 자동차 페라리를 타는 성공한 사람과 만난다.'

그는 성공한 사람에게
어떻게 페라리를 손에 넣었는지 물었습니다.

주식 중개인으로 성공한 그 남자는 대답했습니다.
"매일 정한 목표만큼 고객들에게 전화를 걸어
투자 물건에 대해 이야기했습니다."
그는 이 단순한 대답을 듣고 크게 깨달았습니다.

동시에 남보다 열심히 일하려는 열정만 있다면
반드시 성공할 수 있다고 확신했습니다.

//그가 해냈다면
나도 할 수 있다.//

그는 투자회사의 무보수 인턴사원이 되어
낮에는 회사에서 일하고, 밤에는 노숙자 쉼터에서
공부를 하며 결국 정직원으로 채용됩니다.

노숙자 생활에서 탈출한 그는
그 후 얼마 안 되는 자금과 책상 하나로
자신의 회사를 세웠습니다.

흑인과 가난한 사람들을 위해 자금을 운용하는
그 투자회사는 큰 성공을 거뒀습니다.

마침내 그는 모두가 부러워하는
억만장자가 되었습니다.

그 남자의 이름은
크리스 가드너입니다.

그 남자의 인생은
〈행복을 찾아서The Pursuit of Happyness〉라는
영화로 만들어져 전 세계 사람들에게
용기를 주었습니다.

어떤 역경이 닥쳐도
성공에 대한 열정을 포기하지 마세요!

그가 성공할 수 있었던 가장 큰 이유는
운이 좋아서도, 다른 사람들이 모르는
성공의 비밀을 알아서도 아닙니다.

어떤 상황에서도
포기하지 않았기 때문입니다.

세상에서 가장 큰 선물은

자기 자신에게

기회를 주는 것입니다.

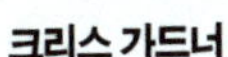

크리스 가드너
Chris Gardner, 1954. 2. 9. ~

미국 위스콘신 주 출신으로 투자회사 '가드너&리치사'의 창립자 겸 현 CEO.
2007년 개봉한 영화 〈행복을 찾아서〉의 모델이자 원작자이기도 하다. 어린 시
절에는 친척들의 집을 전전하며 계부의 폭력에 시달렸고, 이후 의사를 목표로
했지만 좌절되었으며, 의료기기 세일즈에도 실패하는 등 수많은 역경을 겪었
다. 하지만 성공에 대한 의지를 불태우며 대형 투자회사에 들어가 노숙자 생활
을 하면서 정사원 시험을 통과했으며 1987년 독립해 큰 성공을 거두었다.

Ioan K. Rowling
1965. 7. 31.
KFJ 599F

04

당신은 결코
혼자가 아닙니다

어떤 사람이 신神과 함께 해변을 걷는 꿈을 꿨습니다.

뒤를 돌아보니 두 사람의 발자국이

모래 위에 남아 있었습니다.

그러나 인생을 돌이켜보던 그 사람은

문득 한 가지 사실을 깨달았습니다.

자신의 인생 중에

한 사람의 발자국만 남아 있었던 때가 있다는 것을.

그것은 그의 인생에서 가장 괴롭고

슬플 때였습니다.

그 사람은 신에게 물었습니다.

"어째서 그때는

함께 걸어주시지 않았나요?"

신은 대답했습니다.

//사랑하는 내 아들아,
나는 너를 한 번도 홀로 버려둔 적이 없다.
그 한 사람의 발자국은,
너를 업고 걸은 내 발자국이다.//

끝이 보이지 않는 어두운 인생의 터널을
홀로 걷고 있던 한 여성이 있었습니다.
그녀는 남편과 이혼하고
수입도 없이
갓 태어난 딸을 안고
밑바닥 생활을 하고 있었습니다.
어둡고 좁은 아파트에서
정부 보조금에 의존해 딸을 돌보며
일자리를 얻기 위해 공부를 계속하던 나날들.
그녀를 지탱해준 것은
소설을 쓰는 일이었습니다.

딸이 잠들어 있는 짧은 시간,

집 근처의 작은 카페에서 정신없이 원고를 썼습니다.

어렵게 완성한 원고를 한 출판사에 보냈지만

대답은 "No".

다른 출판사에도 보내봤지만 역시 대답은 "No".

열두 곳의 출판사로부터 거절당한 끝에

비교적 작은 규모의 한 출판사와 계약을 맺었습니다.

초판 500부밖에 찍지 않았던 그 책의 제목은

『해리 포터와 마법사의 돌』,

작가의 이름은

조앤 K. 롤링입니다.

그 누구도 성공을 예측하지 않았던 이 책은

출판계에서 유례를 찾아볼 수 없는

경이적인 베스트셀러가 되었습니다.

지금까지 무려 67개 언어로 번역되었으며

총 4억 5,000만 부 이상이 팔렸습니다.

아무리 절망적인 상황이 닥쳐온다 해도

결코 당신은 혼자가 아닙니다.

모두에게서 버림받은 것도 아닙니다.

HARRY POTTER
7P 5FA
34027

당신이 어두운 길을 헤매는 그 순간,

당신이 홀로라고 느끼는 그 순간,

당신을 사랑하는 신이

당신을 업고 갈 것이기 때문입니다.

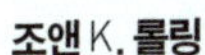

조앤 K. 롤링
Joan K. Rowling, 1965. 7. 31. ~

작가. 영국 남서부 브리스톨 근교의 치핑 소드베리에서 태어났다. 1994년 갓
난아이를 데리고 정부 보조금을 받으면서 집필한 『해리 포터와 마법사의 돌』
이 수많은 문학상을 수상하며 전 세계적인 베스트셀러가 되었다. 소설 『해리
포터』 시리즈는 2011년 〈해리 포터와 죽음의 성물 2〉를 끝으로 10년 동안 총
여덟 편의 영화로 제작되었으며 영화관 입장권 판매로만 64억 달러라는 엄청
난 수입을 올렸다.

Madonna
1958. 8. 16. ~

05

성공은 처음부터
예정되어 있습니다

마흔아홉 살,
'로큰롤 명예의 전당'에 입성하고
연수입 1억1,000만 달러를 벌어들였을 때.

마흔일곱 살,
세계 41개국에서
앨범을 판매해
정상을 차지했을 때.

마흔다섯 살,
직접 쓴 동화책『영국의 장미English Roses』가
베스트셀러가 되었을 때.

마흔 살,

그래미상을 수상했을 때.

서른아홉 살,

여배우로서 골든 글러브상을 수상했을 때.

서른세 살,

레코드 회사와 계약하고

사장이 되었을 때.

서른 살,

100만 달러짜리 TV 광고를 계약했을 때.

스물일곱 살,

영화배우와 결혼했을 때.

스물여섯 살,

싱글 앨범이 전 세계 11개국에서

1위를 차지했을 때.

스물다섯 살,
첫 앨범이 미국에서 400만 장,
전 세계에서 900만 장이나 팔렸을 때.

스물세 살,
데모 테이프를 만들었을 때.

스물한 살,
밴드를 결성했을 때.

스무 살,
웨이트리스를 하면서
댄스를 배웠을 때.

열아홉 살,
대학을 그만두고
뉴욕에 갔을 때.

열한 살,
댄스를 시작하고 열정을 가졌을 때.

그녀는 언제부터
성공했던 것일까요?
그녀는
처음부터 성공했습니다.
열정을 가졌을 때부터
성공했습니다.

그녀의 열정은
사람들의 거절을
두려워하지 않게 만들었습니다.
사람들의 의견에
휩쓸리지 않게 만들었습니다.
무슨 일이든 욕심을 부리고,
무슨 일이든 해내겠다는
결의를 다지게 했습니다.

그녀가 집을 나섰을 때
주머니에는 37달러밖에 없었습니다.
쓰레기통에 버려진 햄버거를
먹은 적도 있었습니다.

그러나 마음속에서는
세계 최고가 되겠다는 열정이
불타오르고 있었습니다.
그녀의 앨범은
전 세계적으로 2억 장 이상 팔렸습니다.

비틀즈보다 더 많은 히트 싱글을 낸
'팝의 여왕' 마돈나.
그녀의 성공은
처음부터 예정되어 있었습니다.

당신도 마찬가지입니다.

성공에 대한

열정만 갖고 있다면.

마돈나
Madonna, 1958. 8. 16. ~

미국 미시간 주 출신의 가수. 열아홉 살 때 댄서가 되기 위해 뉴욕으로 진출, 무명 생활을 하다가 사이어(Sire) 레코드사와 정식으로 계약을 체결하고 싱글을 발표해 'Everybody'가 댄스 차트 정상을 차지했다. 1983년 발표한 앨범은 전 세계에서 900만 장이나 팔려 나갔다. 다음 해 발표한 두 번째 앨범 '라이크 어 버진Like A Virgin'은 세계 11개국에서 차트 1위를 기록했다. 이후에도 히트곡을 계속 발표했으며 '팝의 여왕'으로 불리며 2008년 '로큰롤 명예의 전당'에 입성했다.

George Lucas

1944 · 5 · 14 ·

06

기회의 문은 언제나
당신을 향해 열려 있습니다

소년은 악당을 물리치는 히어로를 동경해
TV와 만화에 열중했습니다.

고등학교에 입학한 뒤에는 카레이스에 열중하면서
카레이서를 꿈꾸었습니다.
그런데 레이스를 벌이다 사고를 당합니다.
기적적으로 목숨은 구했지만
꿈을 단념할 수밖에 없었습니다.

그는 새삼 자기 인생의 목표가
무엇인지를 생각했습니다.

그는 목표에 맞춰 새로운 인생을
개척하기로 결심했습니다.
그리고 영화학교에 들어가
여러 편의 단편영화를 찍었습니다.

졸업 후,
영화사에 취직.
그 후
직접 영화제작사를 설립하고
영화를 만들었습니다.
젊은이들이 음악과 레이스에 열중하며
하룻밤 동안 일어나는 해프닝을
그린 영화입니다.
영화의 제목은
〈아메리칸 그래피티American Graffity〉.
감독은

조지 루카스.

이 영화는 대성공을 거뒀고
그는 유명해집니다.

이번에는 어릴 때 무척이나 좋아했던
액션 히어로 드라마를 영화로 만들었습니다.
영화의 제목은 〈스타워즈〉.
이 영화 역시 전 세계적으로 대성공을 거둡니다.

이어서 어릴 때 가장 좋아했던
일본의 시대극을 바탕으로 친구 스필버그와 만든
〈인디아나 존스〉까지.

그의·꿈과 열정은 영화산업의
판도를 바꿨습니다.

미국의 영화산업은
자동차산업과
항공우주산업에 필적하는
수출산업으로까지
성장했습니다.

그는 우리에게 이렇게 말합니다.

//모든 사람은
자신만의 감옥 안에
갇혀 있다.
하지만 감옥의 문은
열려 있다.
나는 그곳에서
한 걸음
걸어 나왔을 뿐이다.//

당신은 목적이 있어서

태어났습니다.

열려 있는 감옥의 문에서 오늘,

한 걸음 걸어 나와 보세요.

조지 루카스
George Lucas, 1944. 5. 14. ~

미국 캘리포니아 주 출신의 영화감독. 레이서가 꿈이었지만 뜻하지 않은 사고로 단념하고 USC 필름스쿨에 입학해 영화세계에 입문했다. 〈스타워즈〉와 〈인디아나 존스〉 시리즈 등 수많은 세계적 흥행작을 제작·감독했다. 2007년 제50회 샌프란시스코 국제영화제 어빙 버드 레빈 상, 2005년 제58회 칸영화제 특별상을 수상했다.

EarvinJohnson
1959. 8. 14. ~

07

그 말을 믿지 마세요!
인생에 매직을 원한다면

그는 어떤 순간에도
그 말을 믿지 않았습니다.
그리고 자신에게 그 말을
결코 사용하지 않겠다고 약속했습니다.
그것은 바로
"너에겐 무리야"라는 말입니다.

이 말을 하는 어른들은
그들 자신이 성공하지 못했기에
다른 이도 중간에 포기하기를
바라는 것입니다.

농구를 좋아하는
한 소년이 있었습니다.
그는 유명 농구부가 있는
고등학교에 진학해
스타 선수가 되기를 희망했지만
그의 꿈은 이루어지지 않았습니다.

하지만 소년은 꿈을 포기하지 않고
누구보다 더 열심히 연습했습니다.
팀의 승리를 위해 누구보다 더
최선을 다했습니다.
그리고 1학년임에도 시합에서 혼자 36득점을 올려
'매직'이라는 별명으로 불리게 됩니다.

대학에 진학한 그는
프로팀에 스카우트됩니다.
206cm라는 장신임에도
포인트가드라는,
보통 키가 작고 날쌘 선수들이 맡는
포지션으로 뛰게 됩니다.

그것은 팀의 '사령탑' 같은 역할이었습니다.
주변 사람들은 일제히
"너에겐 무리야" 라며
거세게 반대했지만
그는 이 말에 굴복하지 않았습니다.

그리고 마침내
어린 시절부터 동경해왔던 선수들과 함께
소속팀 LA 레이커스를 우승으로 이끌며
슈퍼스타가 됩니다.

그의 이름은 어빙 존슨입니다.
사람들은 그를
'매직 존슨'이라고 부릅니다.

서른두 살 때
에이즈에 걸려 갑작스레 은퇴했지만
그 후 팀에 복귀, 재기에 성공했습니다.

그는 미국 프로농구 리그

NBA를 세계적으로 유명하게 만든
역대 최고의 포인트가드입니다.
NBA 설립 50주년을 맞아 선정한
'가장 위대한 선수 50인'에
포함되었으며 등번호인 32번은
영구결번이 되었습니다.

//"너에겐 무리야" 라는 말에
굴복하지 않았던 덕분에 그는
인생의 매 순간을
매직으로 만들고 있습니다.//

당신의 인생에도 매직 같은 일들이
수없이 일어날 수 있습니다.
당신이 "너에겐 무리야"라는 말을
믿지만 않는다면.
그 말을 하는 사람은
당신의 소중한 꿈을 빼앗는
'드림 킬러'입니다.
'드림 킬러'의 말에 귀 기울이지 말고
주변을 열정이 넘치고
꿈이 가득한 사람들로 채우세요.
그는 우리에게 이렇게 말합니다.

//당신의 인생에 대해 진지하게
생각해줄 수 있는 사람은
당신 자신뿐이다.//

스스로를 믿는 순간
기적이 일어납니다.
다른 사람의 말만 듣고
당신의 꿈을 포기하지 마세요.

school
school

당신은 꿈을 이루기 위해

태어났습니다.

당신은 행복해지기 위해

태어났습니다.

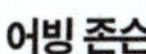

어빙 존슨
Earvin Johnson, 1959. 8. 14. ~

미국 미시간 주 출신의 프로농구 선수·기업가. '매직'이란 별명은 고교 1학년 때 혼자 36득점을 기록한 시합 이후 현지 신문기자가 붙인 것이다. NBA의 최고 스타 선수로 역대 가장 위대한 포인트가드라는 평가를 받고 있으며 2002년 '농구 명예의 전당'에 입성했다. 1991년 에이즈 감염을 이유로 은퇴했지만 이후 재기에 성공, 현재는 기업가이자 에이즈 계몽 활동에 힘쓰고 있다.

Dale
Carnegie
1888. 11. 24. ~ 1955. 11. 1.

08

원하는 인생을
주문하세요

남자는 대학을 졸업하고
출판사에 취직했습니다.
그러나 그 일은
자신에게 맞지 않았습니다.
물건을 파는 일도,
트럭 운전사 일도
자신에게 맞지 않았습니다.

매일매일 불만족스러운 삶이었습니다.
낡은 아파트에서의 가난한 삶.
꿈도 희망도
사라져버렸습니다.

남자는 어린 시절 자신이 가졌던
꿈이 무엇이었는지 생각했습니다.

'나는 왜 태어났을까?'
'내가 정말 하고 싶은 일은 무엇일까?'
그리고 답을 얻었습니다.
"맞아! 난 교사가 되고 싶었어.
 그런데 왜 이렇게 살고 있는 거지?"
그 순간 남자는 깨달았습니다.

'나는 내 인생에
아무것도 주문하지 않았구나.'

남자는
'교사가 되고 싶다'라는
주문을 하지 않았던 것입니다.
남자는 결심했습니다.
'나는 교사가 된다!'
'교사가 되기 위해서라면 무슨 일이든 한다!'

남자는 여러 곳의 학교를 찾아다녔습니다.
하지만 매번 거절당했습니다.

그러던 어느 날,
야간학교의 강사 자리를 얻었습니다.
그 일은 강의를 신청하는 학생이 없으면
해고되는 조건이었습니다.

남자는 어렵게 잡은 기회인 만큼
모든 것을 걸기로 했습니다.
'내가 학생들을 위해 할 수 있는 일이 무엇일까?'
골똘히 생각했습니다.

그리고 남자는 그 야간학교에서
대화와 연설 기술에 관한 수업을 시작했습니다.

남자는 자신이 할 수 있는 모든 것을
이 수업에서 시도했습니다.
남자의 열정적인 수업에
학생들도 적극적으로 참여하기 시작했습니다.

남자의 인생은 성공으로 향했습니다.
남자의 꿈은 실현되었습니다.
남자의 불만족스러웠던 인생은
꿈과 희망에 부푼 날들로 바뀌었습니다.

그는 우리에게 이렇게 말합니다.

//세상에서 가장 중요한 일은
전혀 가망이 없는 것처럼 보이는데도
끝까지 노력하는 사람들에 의해
이루어졌다.//

그가 쓴 『데일 카네기 인간관계론』은
세계 최초의 자기계발서로
전 세계적으로 6,000만 부 이상 팔린
베스트셀러가 되었습니다.
인생을 바꾼 남자의 이름은
데일 카네기.
그는 다른 이를 위해 살아가는 인생을 발견했습니다.
자선 활동에도 적극적으로 참여해

막대한 기부를 했습니다.

당신도 되고 싶은 자신의 모습을 찾으세요!
그러기 위해서는 찾아온 기회를 놓치지 마세요.
인생에서는 모든 것이 기회가 될 수 있습니다.
남보다 앞서가는 사람은 결단을 내린 순간
행동으로 옮기는 사람입니다.

//지금 당신의 인생에 꿈을
주문하세요.//

당신이 원하는 인생은

주문하지 않으면

결코 시작되지 않습니다.

데일 카네기
Dale Carnegie, 1888. 11. 24. ~ 1955. 11. 1.

미국 미주리 주 출신의 비즈니스 세미나 강사이자 작가. 신문기자, 배우, 세일즈맨 등 다양한 직업을 거쳐 1912년 맨해튼의 YMCA 야간학교에서 대화와 연설 기술에 관해 강연하면서 유명해졌다. 그 후 카네기연구소를 설립하고 인간 경영과 자기계발 강좌를 개설했다. 대표적인 저서로 『데일 카네기 인간관계론』『데일 카네기 자기관리론』『데일 카네기의 1% 성공 습관』 등이 있다

Levi Strauss
1829. 2. 26. ~ 1902. 9. 28.

09

아이디어는 위대합니다.
실행하기만 한다면

가족과 함께 미국으로 이민 온 청년이 있었습니다.
스물네 살,
그는 담요와 텐트를 파는 장사를 시작했습니다.
그러나 텐트가 잘 팔리지 않아
재고가 산더미처럼 쌓였습니다.
문득 주위를 둘러보니
세상은 골드러시로 일확천금을 노리는 남자들이
금광으로 대거 몰려오고 있었습니다.

그는 남자들이 거친 노동에도 해지지 않는
튼튼한 작업용 바지를 원하고 있다는 사실에 주목했습니다.
팔고 남은 텐트 천으로 만든 바지는

평범한 바지보다 열 배 이상 비쌌지만
날개 돋친 듯 팔렸습니다.

서른일곱 살, 그의 회사는 4층짜리 빌딩으로 이전했고
그는 성공한 사업가의 반열에 오릅니다.

마흔세 살, 어떤 남자가 금속 징을 박아
주머니가 잘 해지지 않게 만든
청바지를 보여줬습니다.
그와 그 남자는 주머니 아이디어를 특허 신청하고
그 청바지에 '오버올'이라는 이름을 붙여
팔기 시작했습니다.

이후 회사 매출은 20억 달러에 달했으며
세계 최고의 청바지 브랜드가 되었습니다.
그의 이름은
리바이 스트라우스.

쉰일곱 살, 그는 청바지의 튼튼한 품질을
최고의 판매 전략으로 정하고

‘만약 이 청바지가 찢어지면 환불해드리겠습니다’
라고 적힌 가죽 라벨을 붙였습니다.

이 라벨에는 제품 번호인 ‘501’도
같이 적혀 있습니다.
그의 아이디어는 위대한 것이 되었습니다.
그가 일흔세 살의 나이로 세상을 떠난 후
청바지는 젊은이들의 상징이 되었습니다.
130년 이상이 지난 지금도
‘리바이스 501’은
세계에서 가장 잘 팔리는
청바지입니다.

모든 아이디어는

위대합니다.

당신이 그것을

실행하기만 한다면.

아이디어가 잘 통하지 않으면
바꾸면 됩니다.

인생도 잘되지 않으면
바꾸면 됩니다.

당신의 인생은
성공하도록
예정되어 있기 때문입니다.

리바이 스트라우스
Levi Strauss, 1829. 2. 26. ~ 1902. 9. 28.

청바지 브랜드 '리바이스'의 창업자. 독일 부텐하임의 유대인 가정에서 태어났다. 1847년에 뉴욕으로 이주한 후 1853년 골드러시로 부흥하고 있는 샌프란시스코로 건너갔다. 이후 잡화점을 개업하고 야곱 데이비스가 고안한 금속 징으로 내구성을 보강한 작업용 바지 특허를 공동 획득해 청바지를 탄생시켰다.

1829-1902

[.tv]
technology channel
www.techannel.co.uk

Charles
Lindbergh
1902. 2. 4. ~ 1974. 8. 26.

10

준비만 하면서
인생을 낭비하지 마세요

변호사 아버지와 교사 어머니를 부모로 둔
열 살 소년에게는 한 가지 꿈이 있었습니다.
다른 사람에게는 너무나도 무모해 보이는 꿈.
하지만 스무 살 청년이 되어서도
그 꿈을 포기할 수 없었습니다.
그는 '5,800km, 대서양 단독 무착륙 횡단 비행'의
꿈을 실행에 옮기기로 했습니다.
자신의 비행기를 소유하기 위해
곡예비행으로 돈을 벌었습니다.

그의 열정적인 모습을 본 가족도 마침내 감동해
자금을 보태주었습니다.

드디어 비행기를 갖게 된 그는

작은 창과 큰 연료 탱크밖에 없는 비행기에

모든 꿈을 걸었습니다.

긴장과 흥분을 잔뜩 안고

뉴욕의 흙투성이 활주로를 날아올랐습니다.

하늘에 뜬 별과 태양만이 의지가 되었습니다.

별이 보이지 않을 때는 불안감에 휩싸이기도 했습니다.

단조로운 엔진 소리가 자장가처럼 들리는 바람에

쏟아지는 졸음과 필사적으로 싸워야 했습니다.

"아직은 더 날 수 있어!"

끊임없이 자신을 격려하며

서른세 시간 동안의 비행을 이어갔습니다.

마침내 달이 뜨는 것처럼

지구의 끝에서 육지가 보이기 시작했습니다.

그것은 파리의 에펠탑이었습니다.

몽상가의 오랜 꿈이

마침내 현실로 이루어지는 순간이었습니다.

세계 최초로 대서양 단독 무착륙 횡단 비행에 성공한

그의 이름은 찰스 린드버그,
스물다섯 살 청년이었습니다.
그는 비행 도중 항로에서 여러 번 벗어났습니다.
그때마다 해도를 보며 항로를 조정했습니다.

그는 우리에게 이렇게 말합니다.

//어떤 일을 하려고 하든 그 순간
살아 있기만 하면 된다.//

그 사실을 알기에 그는 도전했던 것입니다.

"유럽의 모든 지역이 비행에 완벽한 날씨가 되기를
기다리는 것은 불가능하다. 그러므로 지금이 기회이다.
오늘 새벽에 출발하자!"

인생에 충분한 준비 같은 것은 없습니다.
모든 신호등이 파란색이 되기를
기다리는 사람은 준비를 하고 있는 것이 아니라
단지 두려워하고 있을 뿐입니다.

꿈을 향한 항로는
날아오르지 않으면 찾을 수 없습니다.
아무리 찬란한 꿈도 시작하지 않으면
의미가 없습니다.

탱크에 '용기'라는 연료를 채우고
우선 날아오르세요.

찰스 린드버그
Charles Lindbergh, 1902. 2. 4. ~ 1974. 8. 26.

미국 미시간 주 출신의 항공기 조종사. 1927년에 단발 프로펠러 비행기 '스피리트 오브 세인트루이스 호'를 타고 뉴욕과 파리 사이를 비행, 세계 최초로 대서양 단독 무착륙 횡단 비행에 성공했다. 1931년에는 북태평양 횡단 비행에도 성공했다. 1953년 대서양 단독 무착륙 횡단 비행에 대해 쓴 『날개여, 저기가 파리의 불빛이다』를 출간, 다음 해 퓰리처상을 수상했다. 말년에는 세계 각지에서 환경보호 활동에 참가하며 수많은 기부를 했다.

John F. Kennedy

1917. 5. 29. ~ 1968. 11. 22.

머뭇거리지 말고
지금 바로 시작하세요

운동 경기 도중 등을 다친 청년이 있었습니다.

그는 군대에 지원했지만

등의 상처 때문에 거절당했습니다.

그래도 청년은 포기하지 않았습니다.

몸을 단련해 해군에 들어간 그는

어뢰정의 정장이 되어

적의 구축함과 격전을 벌이던 도중

또다시 등을 다치고 말았습니다.

선체는 산산조각이 나고,

그는 극심한 고통 속에서도

불굴의 의지로 자신과 동료의 몸을 연결해

작은 섬까지 헤엄쳐 가서 동료의 목숨을 구했습니다.

구사일생으로 살아남았지만

그들은 일주일 동안 굶주림과 갈증에 허덕여야 했습니다.

군 사령부가 그들이 전사했다고 판단해

구조대를 보내지 않았던 것입니다.

그래도 청년은 포기하지 않았습니다.

야자열매에 메시지를 새겨

신호를 보낸 덕분에

다행히 군에 구조될 수 있었습니다.

전쟁이 끝나고 청년은 전사한 형의 뜻을 이어

정치가가 되기로 결심했습니다.

그리고 스물아홉 살에 하원의원이 됩니다.

하지만 부상당한 등의 상처가 악화되어

여러 차례 수술을 받아야 했고,

그것은 의원 활동을 방해했습니다.

그래도 청년은 포기하지 않았습니다.

그는 오히려 더 강한 결단을 내렸습니다.

인류 공통의 적인

폭정, 빈곤, 질병, 전쟁과 맞서 싸우겠다고,

그리고 인류의 발이 달에 닿게 하겠다고 말입니다.

그의 강한 결단력은

제35대 미국 대통령을

탄생시켰습니다.

결단력을 갖춘 리더

존 F. 케네디.

대통령 선거 때

"너무 젊다"

"경험이 부족하다"라는

비판을 받았지만

그는 미국의 신화적인 대통령이 되었습니다.

모든 것은

마음먹기에 달려 있습니다.

인생에는 너무 빠른 것도,
너무 늦은 것도 없습니다.

지금, 하겠다고 결단을 내리세요.
더 이상 머뭇거리지 말고
지금 바로 시작하세요.

당신의 꿈은
반드시 실현됩니다.

존 F. 케네디
John F. Kennedy, 1917. 5. 29. ~ 1963. 11. 22.

미국 제35대 대통령. 미국 매사추세츠 주 출신으로 하버드 대학 졸업 후 해군에 자원입대했다. 1946년에는 하원의원에, 1952년에는 상원의원에 선출되었다. 그 후 입원 요양 중에 집필한 『용기 있는 사람들』로 1957년 퓰리처상을 수상했다. 그리고 1960년에는 사상 최연소인 마흔세 살에 미국 대통령으로 당선되며 쿠바 사태를 해결하는 등 외교 분야에서 큰 성과를 올리지만 텍사스 주 댈러스에서 열린 유세 도중 암살당했다.

Charles Lewis Tiffany

1812. 2. 15. ~ 1902. 2. 18.

12

마음속에 열정의 상자를
갖고 있나요?

스물다섯 살의 청년은 친구와 함께
뉴욕 브로드웨이에 작은 매장을 열었습니다.
문구류와 은제품을 취급하는 이곳의
첫날 매출은 4달러 98센트.
일에 대한 열정이 있었기에
청년은 결코 실망하지 않았습니다.

"사람들에게 꿈을 주고 싶다."
"사람들에게 희망을 주고 싶다."
"사람들에게 기쁨을 주고 싶다."

청년의 열정은 아름답고 독창적인 디자인의

보석을 탄생시켰습니다.

그는 미국 은제품의 기준을 만들었습니다.

초대 대통령의 기념품도 만들었습니다.

1달러짜리 지폐에 있는

미국의 인장 디자인도 만들었습니다.

다이아몬드 반지의 기준도 만들었습니다.

그것뿐만이 아닙니다.

그는 손님을 기쁘게 해줄

최고의 제품을 고안했습니다.

그것은 아무리 많은 돈을 지불한다 해도

결코 살 수 있는 물건이 아니었습니다.

그것은

'블루 박스'입니다.

지금도 전 세계 여성들을 매료시키는

티파니의 상징입니다.

청년의 이름은

찰스 루이스 티파니.

그의 열정은 위대한 브랜드를 만들었습니다.
그의 열정은 위대한 전설을 만들었습니다.

당신도 '열정'이라고 적힌
꿈의 상자를 갖고 있습니다.

그 상자에 당신밖에 만들 수 없는
전설을 담으세요.

당신의 전설은 지금부터 시작됩니다.

찰스 루이스 티파니
Charles Lewis Tiffany, 1812. 2. 15. ~ 1902. 2. 18.

미국의 보석회사 티파니의 창업자. 1837년 존 B. 영과 함께 뉴욕 브로드웨이에
문구와 은제품을 파는 가게 '티파니&영'을 열었다. 1848년 2월혁명을 피해 도
망온 프랑스 귀족에게서 보석을 사들이며 미국을 대표하는 보석상이 되어 '킹
오브 다이아몬드'로 널리 이름을 알렸다. 1885년 아메리카합중국의 인장 디자
인을 제작, 현재도 1달러짜리 지폐에 사용되고 있다.

Tina Turner

1939. 11. 26. ~

13

영원히 계속되는 거절은
없습니다

가수를 꿈꾸며 고향을 떠나 도시로 온
여성이 있었습니다.
그녀는 그녀의 재능을 알아본 남자의 제안으로
스무 살에 데뷔를 합니다.
파워풀한 가창력으로 대중을 사로잡은
그녀는 곧바로 스타의 반열에 오릅니다.
하지만 수많은 히트곡을 낸 영광의 그늘에는
그녀만의 남모를 아픔이 숨겨져 있었습니다.
가수로 데뷔시켜주었던 남편의 폭력과 바람기가
그녀를 끊임없이 괴롭히고 있었던 것입니다.
무대에 설 땐 화장으로 멍을 가려야 했던 그녀는
마침내 서른다섯 살에 무대를 버리고

남편에게서 도망쳤습니다.
당시 그녀의 수중에 있던 돈은 36센트에 불과했습니다.

그 후 두 사람은 이혼을 했고,
남편의 그늘에서 벗어난 그녀는
솔로 가수로 나섰습니다.
그러나 그녀를 불러주는 무대는 많지 않았습니다.
5년 동안 작은 호텔이나 클럽 무대에
서는 것이 전부였습니다.
빚도 늘어나 결국 정부에서 생활 보호를 받는
처지로 전락하고 말았습니다.
계속되는 거절과 빚에 허덕이던 나날들…….
그래도 그녀는 좌절하지 않았습니다.

음악은 그녀가 버틸 수 있는
유일한 힘이었고 전부였습니다.

누군가에게 거절당하는 것에 전혀 신경 쓰지 않고
차곡차곡 빚을 갚으면서
언젠가는 찾아올 기회를 기다렸습니다.

그녀는 알고 있었습니다.
거절은 영원히 계속되지 않으리라는 것을.
그리고 드디어 그 기회가 찾아옵니다.
영국 밴드의 게스트 보컬로 초빙된 것입니다.
그때 부른 노래는 보란 듯이 영국 차트를 석권하며
재기에 성공하게 됩니다.
그녀의 이름은
티나 터너입니다.

마흔다섯 살에 발표한 노래
'What's Love Got to Do with It' 은
미국 빌보드 차트 1위에 오르며
그녀에게 '최우수 레코드', '최우수 여성 팝 보컬리스트',
'최우수 여성 록 보컬리스트' 등
3관왕의 영예를 가져다줍니다.

계속되는 거절과 불운에도 굴하지 않았던 티나 터너가
톱스타로서 화려하게 부활한 것입니다.
그 후 데이비드 보위, 브라이언 애덤스,
에릭 클랩튼과 부른 듀엣 곡들이

연이어 히트했을 뿐만 아니라
그녀의 이야기는 영화로도 만들어졌습니다.

그녀는 자신과 미래를 믿었습니다.
인생에 지지 않고 해낼 수 있다고,
인생은 얼마든지 다시 시작할 수 있다고.

거절은 영원히 계속되지 않습니다.

일흔 살이 넘은 그녀는 지금도 여전히
파워풀한 라이브를 선보이고 있습니다.

티나 터너
Tina Turner, 1939. 11. 26. ~

미국 테네시 주 출신의 가수. 열여섯 살 때 아이크 터너에게 가창력을 인정받아
그의 밴드에 참여하고 1960년 '아이크&티나 터너'로 데뷔해 수많은 히트곡을
내놓았다. 1962년 아이크 터너와 결혼해 두 아이를 낳지만 1975년 이혼했다.
1970년대 후반에는 불우한 시절을 보내다 솔로가수로 복귀, 1984년 발표한
'What's Love Got to Do with It' 이 전미 1위를 기록하는 등 팝 스타로서 화
려한 명성을 얻었다.

Sylvester Stallone

1946. 7. 6. ~

14

당신의 가치를
믿으세요

만약 당신이 가난한 가정에서 태어나
안면마비로 언어장애를 얻어
주위 사람들에게 따돌림을 당하고,
부모는 이혼을 했으며,
반복해서 퇴학 처분을 받았다면
자신의 미래에 희망을 가질 수 있을까요?

또는 이 같은 인생을 살고 있는 사람이 눈앞에 있다면
당신은 무슨 말로 격려할 수 있을까요?

만약 당신이 목표를 발견하고
어려운 환경 속에서 최선을 다했는데도

오디션에서 50회 이상이나 떨어졌다면
자신의 삶에서 가능성을 찾을 수 있을까요?
또는 그런 친구가 눈앞에 있다면
당신은 어떻게 용기를 불어넣어줄 수 있을까요?

만약 당신이
회사에 제안한 아이디어가
수십 번이나 거절당했다면
자신의 재능을 믿을 수 있을까요?
또는 그 사람이 당신의 자녀라면
당신은 어떻게 도와줄 건가요?

만약 당신이 겨우 들어간 직장에서
"업계 최저 임금밖에 지불할 수 없다"라는
말을 듣는다면
그래도 자신이 가치 있다고 생각할 수 있을까요?

이런 쓰라린 체험을 하면서도
마지막까지 자신의 가치를 믿은
남자가 있었습니다.

그는 우리들에게 이렇게 말합니다.

//나는 거절이 누군가 내 귀에
나팔을 불어주는 것이라 생각한다.
물러나지 말고 계속 앞으로 가라는.//

그렇습니다. 그는 영화 〈록키〉의 주인공인
실베스터 스탤론입니다.

그는 거듭되는 '거절'과 '불운'에도
자신의 가치를 믿는 힘을
끝까지 잃지 않았습니다.

덕분에 그는 한 장의 명함에는
다 쓰지 못할 정도로
많은 영화에 출연하며 상을 받았고
〈록키〉 시리즈만으로
10억 달러 이상을 벌어들이며
톱스타가 되었습니다.

자신의 가치는

자신만이 정할 수 있습니다..

자신의 가치를 믿는 힘이

꿈을 이루어줍니다.

실베스터 스탤론
Sylvester Stallone, 1946. 7. 6. ~

미국 뉴욕 맨해튼 출신의 배우. 삼류 배우로 극빈 생활을 하던 중 1975년 불과 3일 만에 쓴 〈록키〉의 각본이 영화사에 채택되었다. 영화사와의 긴 교섭 끝에 주연으로도 발탁되었으며 이 영화가 호평을 얻으며 일약 스타로 발돋움했다. 〈록키〉는 1977년 아카데미 최우수작품상, 편집상, 감독상 등 3개 부문에서 수상했다. 〈록키〉 시리즈 여섯 편과 〈람보〉 시리즈 다섯 편이 그의 대표작이다.

WIN
"ROCKY"

Anne Sullivan

1866. 4. 14. ~ 1936. 8. 20.

15

불가능한지, 아닌지는
신이 결정합니다

불가능이란, 어떤 의미일까요?

불가능이란, 언제 사용하는 단어일까요?

불가능이란, 어떤 상황을 말하는 것일까요?

불가능이란, 누가 결정하는 것일까요?

다섯 살에 실명한 소녀의 인생은

행복해질 수 없는 것일까요?

여덟 살에 어머니를 잃은 소녀의 미래는

밝게 빛날 수 없는 것일까요?

알코올 중독자인 아버지와 헤어지고

동생마저 죽어 우울증에 걸린 소녀에게

내일은 없는 것일까요?

시각장애에 정신분열증까지 앓게 된 소녀에게
희망은 없는 것일까요?
이 세상에는 역시
불가능이란 것이 존재하는 것일까요?

하지만 그 소녀는 불가능을 믿지 않았습니다.
소녀는 진심으로 희망을 믿었습니다.
열네 살의 그녀는
맹아학교 입학을 간절히 원했습니다.
그리고 수차례 눈 수술을 받았습니다.
그 결과 기적적으로 시력을 회복하고
맹아학교를 수석으로 졸업,
교사가 됩니다.
그녀는 불가능이란 단어를 모릅니다.

그런 그녀가 한 학생을 만납니다.
그 학생의 이름은 헬렌 켈러.
눈도, 입도, 귀도 자유롭지 못한 소녀였습니다.
모두가 불가능할 것이라고 예상했지만 그녀는
그 소녀를 어둠 속에서 구해냈습니다.

사람들은 그것을 '기적'이라 불렀습니다.
하지만 그녀는 그것을 '희망'이라 불렀습니다.

희망이란,

사람을 성공으로 이끄는 강한 믿음.

희망이 없으면

아무것도 성취할 수 없습니다.

당신에게는 지금

불가능하다고 여겨지는 게 있나요?

USA
15c
HELEN KELLER
ANNE SULLIVAN

불가능한지, 아닌지는
당신이 아니라
신이 결정합니다.

당신이 할 수 있는 것은
희망을 갖는 일.

희망의 전도사,
앤 설리번처럼.

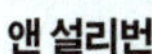

앤 설리번
Anne Sullivan, 1866. 4. 14. ~ 1936. 8. 20.

미국 매사추세츠 주 출신의 교육자. 세 살 때 앓은 눈병이 악화되어 다섯 살 때 시각장애인이 되었다. 아홉 살 때 어머니를 잃고 결핵을 앓는 동생과 함께 구빈원으로 보내졌다. 그 후 시각장애아 교육을 연구하던 알렉산더 그레이엄 벨의 소개로 헬렌 켈러의 가정교사가 되었다. 그녀의 열정적인 교육으로 헬렌이 눈과 귀, 입이라는 3중의 장애를 극복하면서 앤 설리번은 '기적의 사람'으로 불렸다.

Elvis Presley

1935. 1. 8. ~ 1977. 8. 16.

16

비판을 두려워하면
아무 것도 못합니다

청년은 새로운 것을 만들어냈습니다.

하지만 어른들에게서 빈축을 샀습니다.

항의를 받은 적도 있습니다.

청년의 표현 방식이나 스타일은

부모와 교사에게서 비판을 받았습니다.

새로운 것을 탄생시키는 데는 커다란 고통이 뒤따랐습니다.

그러나 청년의 열정은 아무도 막을 수 없었습니다.

열여덟 살 청년은 지금까지

세상에 없던 스타일의 노래를 부르고 싶었습니다.

4달러만 내면 누구나 자작 음반을 만들 수 있는

스튜디오로 찾아가

어머니 생신 선물로 두 곡의 노래를 녹음했습니다.
그 음반이 흑인 창법으로 노래하는 백인 가수를 찾던
음악 프로듀서의 눈에 띄었습니다.
스무 살, 그의 부모님이 음악 프로듀서와 계약했습니다.
스물한 살, 앨범에 수록된
'하트브레이크 호텔Heartbreak Hotel'이
빌보드 차트 1위를 차지하며 히트를 쳤습니다.
하지만 그의 독특한 보컬 스타일과 퍼포먼스에
기성세대는 격렬한 비판을 쏟아냈습니다.
이에 반해 젊은 층에서는 열광적인 지지를 보냈습니다.
그의 이름은
엘비스 프레슬리.

로큰롤로
세계 젊은이들에게 엄청난 영향력을 미쳤습니다.
그리고 '로큰롤의 황제'라고 불리며
만인의 사랑을 받는 가수가 되었습니다.
그가 발표한 149곡이 빌보드 차트 100위 안에,
114곡이 40위 안에, 68곡이 20위 안에,
38곡이 10위 안에 진입했으며, 18곡이 1위에 올랐습니다.

그리고 31편의 영화에 출연했습니다.

그는 술도, 담배도 하지 않았고

셀 수 없을 정도의 많은 단체들에

익명으로 기부했습니다.

마흔두 살, 갑작스러운 죽음.

세상을 떠날 때까지 7년여 동안

1,000회 이상 무대에 섰습니다.

그에게 영향을 받아 수많은 아티스트가 탄생했고,

수많은 장르가 생겨났습니다.

당시 카터 대통령은

"엘비스의 죽음은 미국의 한 부분을 빼앗아간 것이다"라며

그의 죽음을 애도했습니다.

그는 우리에게 이렇게 말합니다.

//비판받고 싶지 않다면
아무것도 하지 말고,
아무 말도 하지 않으면 된다.
그러나 그것은 살아 있지 않은 것이나
마찬가지이다.//

변화는 고통을 수반합니다.

비판을 두려워하지 마세요.
실패도 두려워하지 마세요.

꿈을 꾸는 힘과

꿈을 살리는 용기는

당신 안에 있습니다.

엘비스 프레슬리
Elvis Presley, 1935. 1. 8. ~ 1977. 8. 16.

로큰롤의 황제. 미국 미시시피 주에서 태어나 열한 살 때부터 기타를 쳤고 고교 졸업 후 트럭 운전사를 거쳐 가수가 되었다. 그 후 컨트리와 리듬&블루스를 융합시킨 새로운 타입의 로커빌리의 일인자이자 로큰롤의 대표적 스타로 젊은 층에게 열광적인 지지를 받았다.

Tom Cruise

1962. 7. 3. ~

17

사람들의 평가를
믿지 마세요

토머스의 꿈은

파일럿이었습니다.

어릴 때부터 소중하게 품었던 꿈이었죠.

그러나 어른들은

토머스의 꿈을 무너뜨렸습니다.

"너처럼 공부를 못하는 아이에게

파일럿은 무리야"라며

꿈을 빼앗는 말을 서슴지 않았습니다.

토머스는 상처를 받았습니다.

어른들은 그에게 또 다른 딱지를 붙였습니다.

"너는 성공할 수 없어"

"너에겐 학습장애가 있어"라고요.

실제로 그는 글을 읽을 수 없었습니다.

글을 읽으려고 하면

글자가 거꾸로 보이고 두통이 생겼으며

정신이 불안정해졌습니다.

그래도 토머스는

포기하지 않았습니다.

꿈을 이루기 위해

모든 방법을 동원했습니다.

그리고 스물세 살,

드디어 그의 눈앞에 기회가 찾아옵니다.

그것은

최신예 전투기 F-14의 파일럿이 될 기회였습니다.

그는 흔쾌히 훈련을 받았습니다.

절대 이룰 수 없을 것 같았던 꿈이 실현되었습니다!

그 꿈은 전 세계 스크린에 비춰졌습니다.

영화 〈탑건〉으로.

그는 대성공을 거두고 톱스타가 됩니다.

그의 이름은
토머스 크루즈 메이포서 4세.
배우
톰 크루즈의 본명입니다.

토머스는 자신에게 붙은 딱지를
믿지 않았습니다.
덕분에 꿈은 생각지도 못한 방식으로
이루어졌습니다.
그는 배우가 되어 서른두 편의 영화에 출연했고,
세 개의 영화사를 운영하고 있으며,
영화 프로듀서로도 활동하고 있습니다.

그리고 그는 지금,
파일럿 면허를 따서 하늘을 날고 있습니다.

사람들의 평가를
믿지 마세요.

사람들이 붙인 딱지를
과감히 떼어버리세요.

다른 사람의 평가가
당신의 미래를 결정하게
내버려두지 마세요.

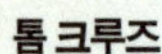

톰 크루즈
Tom Cruise, 1962. 7. 3. ~

미국 뉴욕 출신의 영화배우. 어렸을 때 부모가 이혼해 어머니와 함께 캐나다에서 살기도 했다. 고등학교 졸업 후 뉴욕에서 연극을 공부했다. 1981년 영화배우로 데뷔한 후 〈아웃사이더〉〈위험한 청춘〉 등으로 두각을 나타냈고 〈탑건〉으로 스타덤에 올랐다. 〈미션 임파서블〉 시리즈 등 영화 프로듀서로서도 세계적 흥행작을 선보이고 있다.

Patch Adams
1943. 5. 28. ~

18

인생 최악의 날을
최고의 날로 바꾸세요

그는 고등학생 때
아버지를 잃었습니다.
대학 다닐 때는 실연을 당했고
아버지 대신이었던 숙부가 자살했습니다.
결국에는 자신마저 자살 충동에 시달리다
정신병원에
입원하게 되었습니다.
그는 그곳에서 좌절과 절망의 늪에 빠진
어떤 남자를 만났습니다.

그 남자는 면회 오는 사람이 한 명도 없는,
지독히도 고독한 삶을 살고 있었습니다.

청년은 깨달았습니다!

사랑을 주는 존재가
얼마나 소중한지를.

청년은 깨달았습니다!

이 병동에 있는 사람들에게
필요한 것은
약이 아니라
사랑이라는 것을.

그리고 청년은 결심했습니다!

//사랑을 주는 사람이 되자.//

청년은 의사의 충고에 따르지 않고 퇴원해
'사랑의 전도사'가 되기 위한 공부를 시작했습니다.

위대한 리더의 저서,

저명한 소설을 모두 읽었습니다.
사랑을 주고받는 가족이나 사람들을
관찰하고 연구했습니다.
사람들과 교류하고
가까워지는 훈련을 했습니다.
전혀 모르던 사람들과도 바로 친해질 수 있도록
누구에게나 미소를 건네고 대화했습니다.

그리고 청년은 의사가 되어
세상에 존재하지 않았던
사랑과 배려로 치료하는
꿈의 병원을 만들었습니다.

그렇습니다.
그는 세상 사람들에게 사랑을 주는
전도사가 된 것입니다!
청년의 이름은
패치 애덤스,
본명은 헌터 애덤스입니다.

그의 인생은
영화 〈패치 애덤스〉를 통해
소개되었습니다.

그는 자신이
정신병원에 입원했던 그날,
자신이 무엇을 모르고 있었는지를
깨달았던 것입니다.

인생 최악의 그날이

인생의 전환점이 된 것입니다!

인생 최악의 그날이

인생 최고의 날이 된 것입니다!

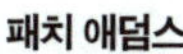

패치 애덤스
Patch Adams, 1943. 5. 28. ~

미국 워싱턴DC 출신의 의사. 의대생 시절 환자를 치료하는 데 사랑과 웃음의
소중함을 깨닫고 스스로 광대가 되어 환자를 대하기 시작했다. 권위주의, 비즈
니스 의료에 반발해 1971년 공동체 형식의 게준트하이트 병원을 설립해 사랑
과 유머를 치료의 바탕에 두고 무료로 진료하고 있다. 로빈 윌리엄스 주연의 영
화 〈패치 애덤스〉의 실제 모델이다.

Abraham Lincoln

1809. 2. 12. ~ 1865. 4. 15.

19

그 어떤 것도 좌절의 이유가 될 수 없습니다

수줍은 성격.

초등학교 중퇴.

어머니의 죽음.

장사를 하다가 파산.

막대한 빚.

연인의 죽음.

노이로제.

불행한 결혼.

친구의 권유로 선거에 출마하지만

청중의 무관심에다 언론의 비판까지 더해져

낙선.

온갖 시련 속에
만약 좌절이라는 것을 받아들였다면
그 남자는 세상에
이름을 남기지 못했을 것입니다.
남자는 무명에 빈곤했고
무기력했습니다.
그렇기 때문에
오히려 자신과 같은 약한 사람들,
차별받는 사람들을 지켜주는 정치가가
되기로 결심했습니다.

서른여덟 살,
남자는 하원의원이 되었지만
생각만큼 정치 활동을 하지 못해
고향으로 돌아갑니다.
마흔일곱 살,
다시 한 번 선거에 출마.
그러나 낙선.
마흔아홉 살, 또다시 선거에 도전.
그러나 낙선.

그래도 남자는 좌절하지 않았습니다.

그는 우리에게 이렇게 말합니다.

//슬픔은 누구에게나 찾아온다.
슬픔을 완전히 해소할 수 있는 방법은
시간 밖에 없다.
사람들은 시간이 지나면
괜찮아질 것이라는 사실을
당장 깨닫지는 못한다.
그러나 이것은 실수이다.
우리는 반드시 다시 행복해진다. //

그는 아무리 괴롭고 슬픈 일일지라도
언젠가 지나가리라는 것을
믿고 있었던 것입니다.

열정을 가지고 산다면
언젠가 성공하리라는 것을
의심하지 않았습니다.

그리고 마침내
남자의 열정은
민중의 마음을 얻었습니다.
남자는 쉰두 살에
선거 자금이 거의 없는데도
대통령 선거에 입후보해 승리,
미국 대통령이 됩니다.
남자의 이름은
에이브러햄 링컨.

'국민의, 국민에 의한, 국민을 위한 정치'

남북전쟁 중 그가 행한
272개의 단어,
3분이 채 못 되는 연설은
미국 역대 대통령의 연설 중에서도
가장 유명합니다.
그의 열정은 지금도
미국 민주주의의 정신으로
계승되고 있습니다.

당신의 인생을

열정으로 가득 채운다면

그 어떤 것도 좌절의 이유가

될 수 없습니다.

에이브러햄 링컨
Abraham Lincoln, 1809. 2. 12. ~ 1865. 4. 15.

미국 제16대 대통령. 미국 켄터키 주 출신으로 노예제도 폐지를 주장하며 대통령에 취임했지만 남부가 반발, 남북전쟁이 일어난다. 1862년 노예해방 선언으로 남부의 흑인 노예가 해방되나 남북전쟁 말기인 1865년 암살당한다. 남북전쟁 중 그가 행한 '국민의, 국민에 의한, 국민을 위한 정치'라는 연설은 민주주의의 본질을 이야기한 것으로 유명하다.

Nelson Mandela

1918. 7. 18. ~

20

겨울이 끝나면
반드시 봄은 옵니다

한 변호사가 마흔네 살 때
국가 정책에 반대했다는 이유로 체포됩니다.
그리고 국가반역죄로 종신형에 처해져
섬으로 유배됩니다.
마침내 27년간의 투옥 생활에서 석방되었을 때
일흔한 살이 된 그 남자가 한 말은 이랬습니다.

//나는 그냥 살아 있었던 것이 아니다.
미래를 위해 준비하고 있었던 것이다!//

그 후 남자는 의회 의장이 되어
일흔네 살에 인종차별이 없는 선거를 실시하고,

일흔다섯 살에 노벨 평화상을 수상합니다.
그리고 남아프리카공화국 대통령에 취임해
일흔일곱 살에 국가 헌법을 제정했습니다.
그의 이름은
넬슨 만델라입니다.

자연에 계절이 있듯
인생에도 계절이 있습니다.

겨울에는 차가운 역풍이 거칠게 붑니다.
그러나 겨울이 끝나면 반드시 봄은 오게 마련입니다.

그는 인생의 겨울에
언젠가 찾아올 봄을 기다리며
준비했습니다.

살아서 출소한다!
나라를 바꾼다!
대통령이 된다!
차별을 없앤다!

그는 순수한 열정으로
충분한 준비를 해왔던 것입니다.

그는 우리에게 이렇게 말합니다.

　//인생의 가장 큰 영광은
　결코 넘어지지 않는 데 있는 것이 아니라
　넘어져도 다시 일어서는 데 있다.//

겨울은 좋은 계절입니다.
다가올 봄을
준비하는 계절이기 때문입니다.

당신은 지금,
어떤 계절에 서 있나요?
봄을 맞이하기 위해
어떤 준비를 하고 있나요?
지금은 겨울이라 하더라도,
반드시 계절은 바뀝니다.

봄에는 씨앗을 뿌리고,
여름에는 그 씨앗이 햇살을 받으며 성장하고,
가을에는 큰 열매를 맺습니다.

인생에도 계절이 있습니다.
준비하고 있으면
반드시 기회와 만날 계절이
옵니다.

넬슨 만델라
Nelson Mandela, 1918. 7. 18. ~

남아프리카공화국 최초의 흑인 대통령이자 인권운동가. 대학 재학 중 아프리카민족회의(ANC)에 입당해 반아파르트헤이트(Apartheid: 흑인 차별 정책) 운동에 가담했으며, 1961년 '민족의 창'이라는 군사 조직을 만들어 초대 사령관이 되었다. 1962년 8월 국가반역죄로 체포되어 종신형을 받고 이후 1990년 2월까지 27년 동안 수감되었다. 그러나 1993년 노벨 평화상을 수상하고 1994년 남아프리카공화국 사상 최초로 전 인종이 참가한 선거에서 승리해 대통령에 취임했다.

Robert Schuller

1926. 9. 16. ~

21

실패는 또 한 번 도전할 기회의 다른 말입니다

만약 어떤 일에 실패를 했다면

당신은 누구에게 속마음을

털어놓을 건가요?

하지만 그때 아무도 옆에 없다면

당신은 어떻게 할 건가요?

그럴 땐 신에게 편지를 쓰세요.

아마도 이런 멋진 답장이 올 것입니다.

"신이시여, 저는 실패했습니다.

저는 어리석었습니다."

"아들아, 그것은 용기를 갖고

행동한 귀중한 경험이란다."

"신이시여, 저는 실패했습니다.
 저는 패배자입니다."
"아들아, 그것은 성공으로 가는
 도중에 있는 과정에 불과하단다."

"신이시여, 저는 실패했습니다.
 저는 아무것도 손에 넣을 수 없었습니다."
"아들아, 그것은 아직 성공을
 손에 넣지 못한 것뿐이란다."

"신이시여, 저는 실패했습니다.
 저는 다른 사람들보다 열등합니다."
"아들아, 그것은 다른 사람들보다 조금 더
 시간이 걸린다는 것뿐이란다."

"신이시여, 저는 실패했습니다.
 저는 귀중한 인생을 헛되게 만들었습니다."
"아들아, 그것은 다시 한 번 새로운 마음으로
 도전할 기회를 부여받은 것이란다."

“신이시여, 저는 실패했습니다.
 더 이상 의욕이 생기지 않습니다.”
“아들아, 그것은 다른 방법으로
 뭔가를 해야 한다는 가르침이란다.”

“신이시여, 저는 실패했습니다.
 앞으로도 성공할 것 같지 않습니다.”
“아들아, 그것은 좀 더
 창조적인 노력을 하라는 뜻이란다.”

“신이시여, 저는 실패했습니다.
 저는 버려졌습니다.”
“아들아, 그것은 드디어 나를
 필요로 하는 때가 왔다는 뜻이란다.”

“신이시여, 저는 실패했습니다.
 이제 다 끝입니다.”
“아들아, 그것은 마침내 낡은 사고를
 버려야 하는 날이 왔다는 뜻이란다.”

어느 날 당신의 아이나
그 누구와도 바꿀 수 없는
소중한 사람에게서
'실패'의 편지가 도착한다면
이번에는 당신이
신을 대신해
'적극적인 사고'에 대한
답장을 써주세요.

그가 출연한 TV 프로그램은
30년 동안 전 세계에 인기리에 방영되었고
연간 200만 통이 넘는 편지를 받고 있습니다.

실패는 결코
종점을 의미하진 않습니다.
실패는
새로운 출발점입니다.

성공으로 가는

가장 확실한 길은

한 번 더 해보는 것입니다.

로버트 슐러
Robert Schuller, 1926. 9. 16. ~

미국 아이오와 주 출신의 TV 선교사·목사. 신념만으로 인생의 성공을 손안에
넣을 수 있다는 사고방식 '뉴 소트(New Thought)'의 일인자. 그가 출연한 TV
프로그램 〈아워 오브 파워Hour of Power〉는 많은 사람들에게 깊은 감명을 주며
미국에서 압도적인 인기를 자랑했다. 그는 수많은 저서를 발표하며 '가능성의
지배자'로서 전 세계인들의 존경과 지지를 얻고 있다. 그가 설립한 '수정교회'
는 아름다운 건축물로도 유명하다.

Muhammad Ali

1942. 1. 17. ~

22

분노도 잘 다스리면
에너지가 될 수 있습니다

자신이 소중히 여기던 보물을 누군가가 훔쳐갔다면
당신은 그 분노를 어떻게 다스릴 건가요?

자신이 놀라운 성과를 이뤘는데도
아무도 인정해주지 않는다면
당신은 그 분노를 어떻게 다스릴 건가요?

자신의 생각을 말한 것뿐인데
주위로부터 엄청난 비난을 듣는다면
당신은 그 분노를 어떻게 다스릴 건가요?

자신의 생각이 정부에 반한다는 이유로 벌을 받고

한 남자는
그 분노를 성공을 위한 에너지로 바꿨습니다.
남자의 이름은 캐시어스 클레이.
열두 살 때, 자전거를 도둑맞아 경찰서에 갔더니
"찾고 싶으면, 복싱을 배워
훔쳐간 놈을 실컷 두들겨 패줘라"
라는 말을 들어야 했습니다.
그는 곧바로 체육관을 다니며
아마추어 대회에 출전해 우승합니다.
열여덟 살, 로마 올림픽에 출전해 금메달을 땁니다.

그러나 고향으로 돌아와 레스토랑에 갔을 때
흑인이라는 이유로
입장을 거부당합니다.
그 후 곧바로 프로 선수로 전향하여 19연승.
스물두 살에 헤비급 챔피언이 됩니다.
이름을 무하마드 알리로 개명합니다.

그는 권투뿐만 아니라
인종차별과도 맞서 싸웠습니다.
또 베트남 전쟁을 반대하며
나라와도 맞서 싸웠습니다.
때문에 국가로부터 챔피언 벨트와 선수 면허를 박탈당하고
3년 동안 활동 정지를 당합니다.

스물여덟 살, 재판에서 무죄를 받아 시합에 복귀.
서른두 살, 아프리카에서 벌어진 시합에서
기적의 역전승을 거두고 다시 챔피언이 됩니다.
서른아홉 살, 난치병을 얻어 은퇴.
그러나 그는 병마와 싸우면서도
전쟁과 인종차별 반대를 사회에 호소했습니다.
그리고 흑인 해방운동의 공로를 인정받아
독일의 평화상을 수상했습니다.
피부색이 다르다는 이유로
레스토랑 입장을 거부당했던 그 남자는
저명한 인사들로부터
"신이 인간에게 보낸 선물"
이라고 불리는 사람이 되었습니다.

분노는 결코 나쁜 것이 아닙니다.
문제는, 분노의 화살을
어디로 향하게 하는가, 입니다.

분노는 파워이자,
불가능을 가능으로 바꾸는
에너지가 될 수 있습니다.

그는

그것을 증명해주었습니다!

무하마드 알리
Muhammad Ali, 1942. 1. 17. ~

미국 켄터키 주 출신의 전설적인 복싱 선수. 열두 살에 복싱을 시작해 1960년 로마 올림픽 라이트헤비급에서 금메달을 획득했다. 그 후 프로로 전향해 무패로 헤비급 챔피언에 등극하고 통산 19회의 방어전을 성공시켰다. 그의 복싱 스타일은 '나비처럼 날아, 벌처럼 쏘다'로 표현된다. 인종차별과의 싸움, 베트남 전쟁 시 징병 거부 등 사회적으로도 주목을 받았다.

한밤중의 캔들 서비스

남자는 삶에 지쳐 있었습니다.

자신의 인생이 비참하다고 생각했습니다.

오늘이 자신의 생일이라는 것을 이 세상 누구도

알아주지 않는 현실에 깊은 절망감마저 느꼈습니다.

그리고 생일날, 케이크 하나 사지 못 하고,

변변한 식사 한 끼 못 하는 자신의 인생을 비관했습니다.

생일이 지나기 몇 분 전 남자는

'촛불이라도 켜서 내 생일을 자축하자' 라고 마음먹었습니다.

남자는 하얀색 접시 위에 자신의 나이만큼 초를 세웠습니다.

하지만 피로와 배고픔에 지친 나머지 깊은 잠에 빠졌고

이내 불가사의한 꿈을 꿨습니다.

사람들이 차례대로 나타나 초에 불을 붙여주며

남자에게 말을 거는 꿈이었습니다.

생일 축하해요!
나 역시 하루 한 끼 식사도 제대로 못 하는 무명 배우예요.
하지만 언젠가 반드시 최고 스타가 될 거예요.

_짐 캐리

생일 축하해요!
나도 아무것도 살 수 없는 궁핍한 생활을 하고 있어요.
하지만 이 노트에 쓴 가사와 곡으로 세계 최고의 밴드를 만들 겁니다.

_폴 매카트니

생일 축하해요!
나도 정부 지원금을 받는 힘든 나날을 보내고 있어요.
하지만 이 소설로 반드시 베스트셀러 작가가 될 거예요.

_조앤 K. 롤링

생일 축하해요!
제 주머니에 지금은 37달러밖에 없어요. 하지만 괜찮아요.
나는 세계 최고의 가수가 될 거거든요.

_마돈나

생일 축하해요!
나도 생활비가 없어 소중히 여기던애완동물마저 포기하고 말았어요.
나도 외톨이이지만 내 영화로 반드시 할리우드 스타가 될 겁니다.

_실베스터 스탤론

꿈에서 깬 남자는 맹세했습니다.
'내 인생에 필요한 것은 돈이 아니라 꿈이다.
나는 정말 되고 싶은 내가 될 것이다' 라고요.
촛불 대신 남자의 가슴에는 열정의 불꽃이
타오르기 시작했습니다.

Happy Birthday~!

당신은 혼자가 아닙니다.

당신은 축복받기 위해

태어난 사람입니다.

짐 캐리
Jim Carrey, 1962. 1. 17. ~

캐나다 온타리오 주 출신의 영화배우. 코미디언이 되기 위해 고교를 중퇴하고
열다섯 살 때부터 무대에 섰다. 열아홉 살에 LA로 이주한 뒤 TV 무명 배우를
거쳐 1994년 첫 주연을 맡은 〈에이스 벤추라〉와 〈마스크〉가 잇따라 성공을 거
두며 유명해졌다. 코미디뿐만 아니라 〈트루먼쇼〉〈이터널 선샤인〉 등을 통해
극적인 연기도 선보이며 호평을 받았다.

폴 매카트니
Paul McCartney, 1942. 6. 18. ~

전설적인 록 그룹 '비틀즈'의 멤버. 영국 리버풀 출신으로 그가 속한 비틀즈는
1960년대 세계 젊은이들에게 지대한 영향을 미쳤다. '예스터데이' '헤이 주드'
'렛 잇 비' 등 비틀즈의 대표곡이라 할 수 있는 노래의 대다수를 작사·작곡했
다. 세계에서 가장 유명한 싱어 송 라이터 중 한 명이며 『기네스북』에 '팝 음악
역사상 가장 성공한 작곡가'로 올라 있다.

Anthony
Robbins
1960 2120

결단을 내리는 순간
하늘도 움직입니다

중학생인 트레버는 사회 수업 시간에
'자신의 손으로 세상을 바꾸는 방법을 찾아보라'라는
과제를 받았습니다.
소년은
'한 사람이 세 사람에게 친절하게 대하고
친절을 받은 사람들이 다시 각각 세 사람에게
친절을 베푼다'라는
방법을 생각해냈습니다.
영화 〈아름다운 세상을 위하여원제 : Pay It Forward〉에
나오는 이야기이지만
실제로 이 운동을 시작한
청년이 있다는 사실을 알고 있나요?

가난한 가정에서 태어난 소년은
어느 추수감사절날
어떤 사람에게서 식사 대접을 받았습니다.
그 일에 감동받은 소년은
마음속으로 다짐합니다.
'나도 언젠가, 누군가에게
친절을 베풀 수 있는
사람이 되자.'

소년이 열여덟 살이 되었을 때
마침내 그 기회가 찾아왔습니다.
그는 먹을 것이 없어 힘들어하는
생면부지의 빈곤 가정에
음식을 선물했습니다.
그 가족들은 감사의 눈물을 흘리며
음식을 먹었습니다.
음식을 선물한 그의 눈에서도
눈물이 흘러 넘쳤습니다.
그는 이때, '나눈다는 것'의
위대함을 깨달았습니다.

그는 알고 있었던 것입니다.

"순간의 결정이 새로운 운명을 창조한다.
 우리가 진정 결단을 내리는 순간
 그때부터 하늘도 움직이기 시작한다."

이후 그는 각종 시설과 단체에 기부하는
'선물하는 습관'을 30년간이나 지속했습니다.
지금까지 무려
100만 이상의 가정에 선물을 주었습니다.
그리고 그는 기부의 위대함을
세계 80개국, 5,000만여 명에게 가르쳐주고 있습니다.
그의 이름은
앤서니 라빈스,
세계 최고의 '라이프 코치'입니다.

미국 대통령이었던 빌 클린턴,
영국 왕세자비였던 다이애나,
옛 소련 초대 대통령이었던 고르바초프 등
세계적 리더들이 그의 가르침을 받았습니다.

그의 계획은 틀림없이 세상을 바꿀 것입니다.
당신도 우선,
한 가지씩 시작해보세요.

단 한 사람을 위해서라도 좋으니
그를 위해 무언가 할 일이 없을까,
생각해보세요.

때로는 상대방에게
당신의 미소를 보여주는 것만으로도
멋진 선물이 될 수 있습니다.

자신의 인생을

풍부하게 만드는 비결은

바로 나누는 것입니다.

당신도 마음만 먹으면

지금 바로 할 수 있습니다.

앤서니 라빈스
Anthony Robbins, 1960. 2. 29. ~

미국 캘리포니아 주 출신의 변화심리학 최고 권위자이자 성공과학의 대가. 어려운 가정형편 때문에 대학 진학을 포기하고 빌딩 청소 아르바이트를 하면서도 2년여 동안 약 700권의 성공철학과 심리학에 관한 책을 독파하고 각종 세미나와 강연회에 참가했다. 그 후 방대한 지식과 경험을 살린 독자적인 자기최면 치료(NLP) 세미나와 저술을 통해 개인이 가진 능력과 조직 역량을 극대화하는 데 성과를 거두어왔다.

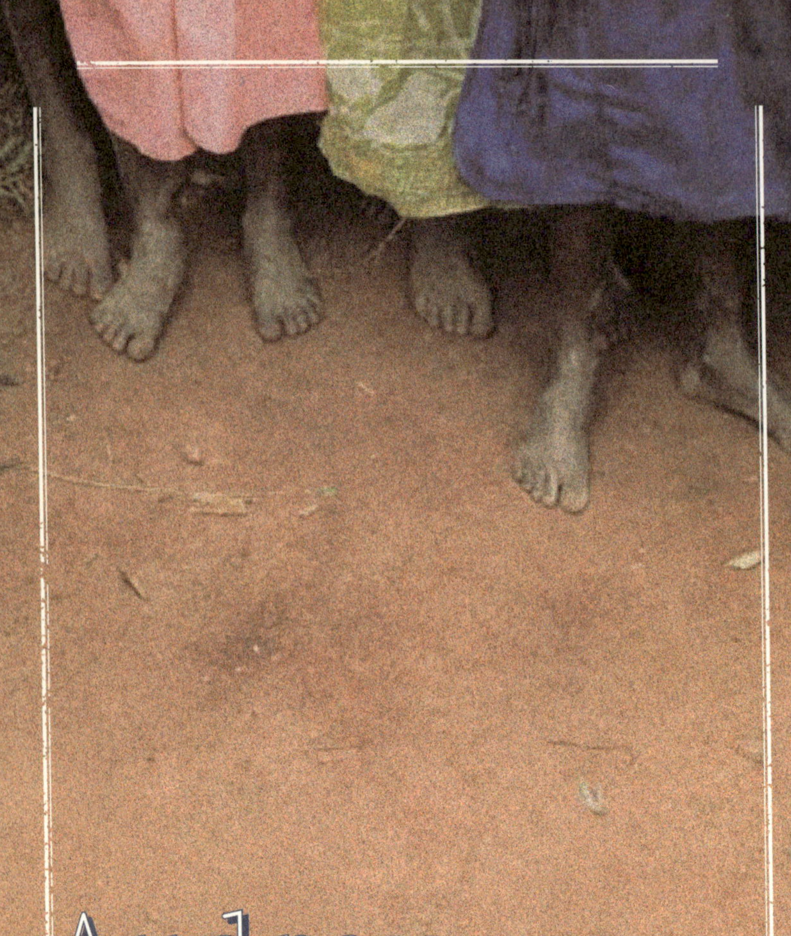

Audrey Hepburn

1929. 5. 4. ~ 1993. 1. 20.

우리에게는 다른 사람을
돕기 위한 손이 있습니다

갓난아기는 생후 3개월 때 백일해에 걸려
심장이 멈추는 듯했지만
어머니의 필사적인 심장 마사지로
다시 살아납니다.
하지만 아홉 살 때 부모가 이혼하고
열 살 때 할아버지에게 맡겨집니다.
불행은 여기서 끝나지 않고
열두 살 때 전쟁으로 친척이 총살되고
형제는 강제 수용소로 끌려갑니다.
먹을 것이 없어 식물의 뿌리를 먹으며 배고픔을 견디던
그녀는 영양실조로 빈혈과 호흡 곤란에 시달립니다.
이때 그녀를 구해준 것은 국제구호기금이었습니다.

열여섯 살에 간호사가 되었지만

종전과 함께 다시 무일푼이 된 그녀는

열아홉 살에 단역배우로 나섭니다.

스물한 살, 비중 있는 배역을 맡게 되고

스물네 살, 드디어 영화의 주인공이 됩니다.

그녀의 인생을 바꾼 영화는 〈로마의 휴일〉.

이 작품으로 그녀는 아카데미 여우주연상을 수상합니다.

그녀의 이름은

오드리 헵번입니다.

〈티파니에서 아침을〉〈마이 페어 레이디〉 등

열아홉 편의 영화에 출연했으며,

명곡 '문 리버Moon River'는

그녀를 위해 작곡된 노래였습니다.

대중의 사랑을 한 몸에 받았던 그녀는

예순 살에 은퇴하고

유니세프 친선대사에 취임합니다.

전쟁으로 궁핍했던 시절,

식량과 의료 원조를 받았던 그녀는

자신이 받았던 사랑을 돌려주기 위해

봉사하는 삶을 기꺼이 선택한 것입니다.

그리고 그녀의 손길이 필요한 곳이라면
그곳이 전쟁터든, 오지든, 전염병 창궐 지역이든
가리지 않고 달려갔습니다.

예순네 살, 암으로 세상을 떠난
그녀는 우리에게 이런 말을 남겼습니다.

//기억하라. 만약 당신이 누군가에게
도움을 주고 싶다면
당신의 팔 끝에 있는 손을
이용하면 된다는 것을.
당신이 더 나이가 들면
두 개의 손을 가졌다는 사실을
발견하게 될 것이다.
한 손은 당신 자신을 돕기 위한 것이고,
또 다른 한 손은 다른 사람들을
돕기 위한 것이다.//

그녀가 진짜 아름다운 이유는

얼굴이 아니라

어려운 이들을 진심으로 걱정하고 사랑하는

마음 때문입니다.

사랑은 마음을 나누는 것!

인생이 끝난 후에도 남는 것은

당신이 이웃들에게

사랑을 나눠주었다는, 바로 그 사실입니다.

오드리 헵번
Audrey Hepburn, 1929. 5. 4. ~ 1993. 1. 20.

벨기에 브뤼셀 출신의 영화배우. 어렸을 때부터 발레리나를 꿈꿨지만 제2차 세계대전 후 가족의 생계를 위해 영화와 TV의 단역배우 생활을 했다. 영화 〈첫사랑〉에서 발레리나 역으로 주목을 끌었으며 〈로마의 휴일〉의 앤 공주 역으로 일약 스타가 되었다. 그 후 〈사브리나〉〈티파니에서 아침을〉〈마이 페어 레이디〉 등에 출연했다. 1989년 은퇴 후에는 유니세프 친선대사로 활동했다.

Florence Nightingale

1820. 5. 12. ~ 1910. 8. 13.

25

삶은 신이 주신
멋진 선물입니다

소녀는 유복한 가정에서 태어났습니다.

상류층의 삶을 누리면서도

그녀는 자신의 인생에 의문을 가졌습니다.

열여섯 살, 그녀는 하늘의 목소리를 들었습니다.

그것은 "하느님을 섬기세요"라는 말이었습니다.

스물네 살, 그녀는 병원에서 가난한 환자들을 돌보다가

한 병자의 죽음과 조우합니다.

그녀는 그 죽음의 원인이 열악한

간호 환경에서 비롯된 것임을 깨달았습니다.

그리고 간호사야말로 하늘이 자신에게 부여한

소명임을 확신했습니다.

당시만 해도 간호사에 대한 인식이 낮았던 때라

부모님의 반대는 극심했습니다.
그러나 결심이 확고했던 그녀는
간호학교에 들어가 공부를 시작합니다.

서른한 살, 마침내 간절히 원하던 간호사가 됩니다.
서른네 살, 고통 받는 병사들을 위해 전쟁터로 향했습니다.
전쟁터의 병원은 상상을 초월할 정도로 불결한 데다
고통에 울부짖는 병사들로 지옥이 따로 없었습니다.
그녀는 제대로 자지도, 쉬지도 못한 채 일에만 매달리며
병원의 위생 상태를 획기적으로 개선합니다.
그리고 죽음의 공포에 빠진 2,000여 명의 병사들을
돌보고 위로했습니다.
그녀는 바로 '백의의 천사'라고 불리는
플로렌스 나이팅게일입니다.

전쟁터에서 돌아온 후에도
낮에는 간호 일과 후배 지도,
밤에는 논문 쓰는 일을 열정적으로 해나갔습니다.
마흔 살에 꿈꾸던 간호학교를 설립했지만
마흔한 살에 과로로 쓰러져

그 후 50여 년 동안 걷지도 못하는
장애인으로 지내게 됩니다.
장애가 있는데도 그녀는 삶이 끝나는 날까지
150권의 책과 1만2,000통의 편지를 쓰며
간호 계몽 활동에 모든 힘을 쏟아 부었습니다.
그리고 아흔 살에 영면.
그녀는 그 누구보다 의미 있는 인생을 보냈습니다.

그녀는 우리에게 이렇게 말합니다.

//지금 자신의 모습은 자신의 생각에서
비롯된 것이다.
내일 다른 위치에 있고자 한다면
자신의 생각을 바꾸면 된다.//

직업에는 귀하고 천한 것이 따로 없습니다.
천직이란 하늘이 부여한 직업입니다.
영어로는 ‘Calling’,
즉 하늘의 부름입니다.

당신에게도 오로지
당신만이 할 수 있는 천직이 있습니다.
신은 일을 통해 인간을 만듭니다.
그리고 사람은
일을 통해 의미 있는 인생을 만듭니다.

삶은 신이 주신 멋진 선물입니다.

거기에 사소한 것은 없습니다.

플로렌스 나이팅게일
Florence Nightingale, 1820. 5. 12. ~ 1910. 8. 13.

현대 간호학의 창시자. 영국의 지주 귀족 가문에서 태어났다. 20대 초반에 자선 방문을 통해 가난한 농민들의 생활을 목격하고 봉사하는 일에 일생을 바치기로 결심했다. 부모의 거센 반대를 물리치고 간호사가 되어 1854년 크림 전쟁이 일어나자 종군했다. 간호사를 '백의의 천사'라고 부르는 것은 그녀에게서 유래한다. 밤마다 병상을 도는 일을 잊지 않았기에 '램프의 귀부인'이라고도 불렸다.

Ray A. Kroc

1902. 10. 5. ~ 1984. 1. 14.

26

오늘, 당신은
무엇을 주었나요?

멀티 믹서를 팔러 다니던 남자는
작은 '드라이브 인Drive-in' 식당의
레시피와 메뉴가 무척 마음에 들었습니다.
그는 식당 주인 형제를 설득해
그들의 조리 시스템을 이용한
프랜차이즈 사업을 시작했습니다.

전혀 새로운 사업에 뛰어든 그때,
그의 나이는 쉰세 살이었습니다.

그는 프랜차이즈 가맹점주들에게
약속했습니다.

"당신들이 수익을 낼 때까지,
나는 최소한의 로열티만 받겠습니다."
그렇습니다.
그는 자신이 먼저 이익을 '얻기' 보다
'주기'로 결심한 것입니다.

프랜차이즈점 가맹비는 단 950달러,
로열티는 1.9%.

그는 멀티 믹서 파는 일을 계속하면서
프랜차이즈 사업에 대한
열정을 불태웠습니다.
사업이 본궤도에 오르기 전까지
보수를 받는 일도 미뤘습니다.
마침내 이 패스트푸드점은
세계 1위로 올라섰습니다.
전 세계에 맥도날드를 알린
그의 이름은 레이 A. 크록.

그는 자신의 이익을 챙기기보다

먼저 다른 사람들에게 주었습니다.
그 결과 오히려 더 많은 것을
얻을 수 있었습니다.

전 세계 사람들이 즐겨 먹는
빅맥, 에그맥머핀,
피시버거…….
모든 히트 상품은
그가 아닌 가맹점주들의
아이디어에서 탄생했습니다.
마스코트인
어릿광대 '로날드'도 마찬가지입니다.
그가 고안한 메뉴도 몇 가지 있었지만
히트 친 것은 하나도 없었습니다.
모든 히트작은 그의 비즈니스 파트너들로부터
나온 것입니다.

창업 후 그가 세상을 떠날 때까지 40년 동안
전 세계 34개국에
8,000개의 맥도날드 점포를 열었습니다.

먼저 줌으로써

사람들의 마음을 얻을 수 있었고

그 결과 5억 달러 이상의

부를 축적한 것입니다.

오늘, 당신은 사람들에게
무엇을 주었나요?

꿈을 이룰 수 있는 비결 중 하나는

먼저 주는 것입니다.

주는 것이 받는 것입니다.

먼저 줌으로써

당신은 더 많은 것을 얻을 수 있습니다!

레이 A. 크록
Ray A. Kroc, 1902. 10. 5. ~ 1984. 1. 14.

맥도날드 창업자. 미국 일리노이 주 오크파크 태생으로 고교 중퇴 후 종이컵, 피아노, 멀티 믹서 등의 세일즈맨으로 일했다. 1954년 맥도날드 형제와 만나 '맥도날드'의 프랜차이즈 권리를 획득한 후 1984년 세계 8,000개 점포(현재 세계 119개국에 약 3만 개 점포)로 확장했다. 이후 레이크록 재단을 설립해 메이저리그 구단을 인수하고 햄버거 대학을 세웠다.

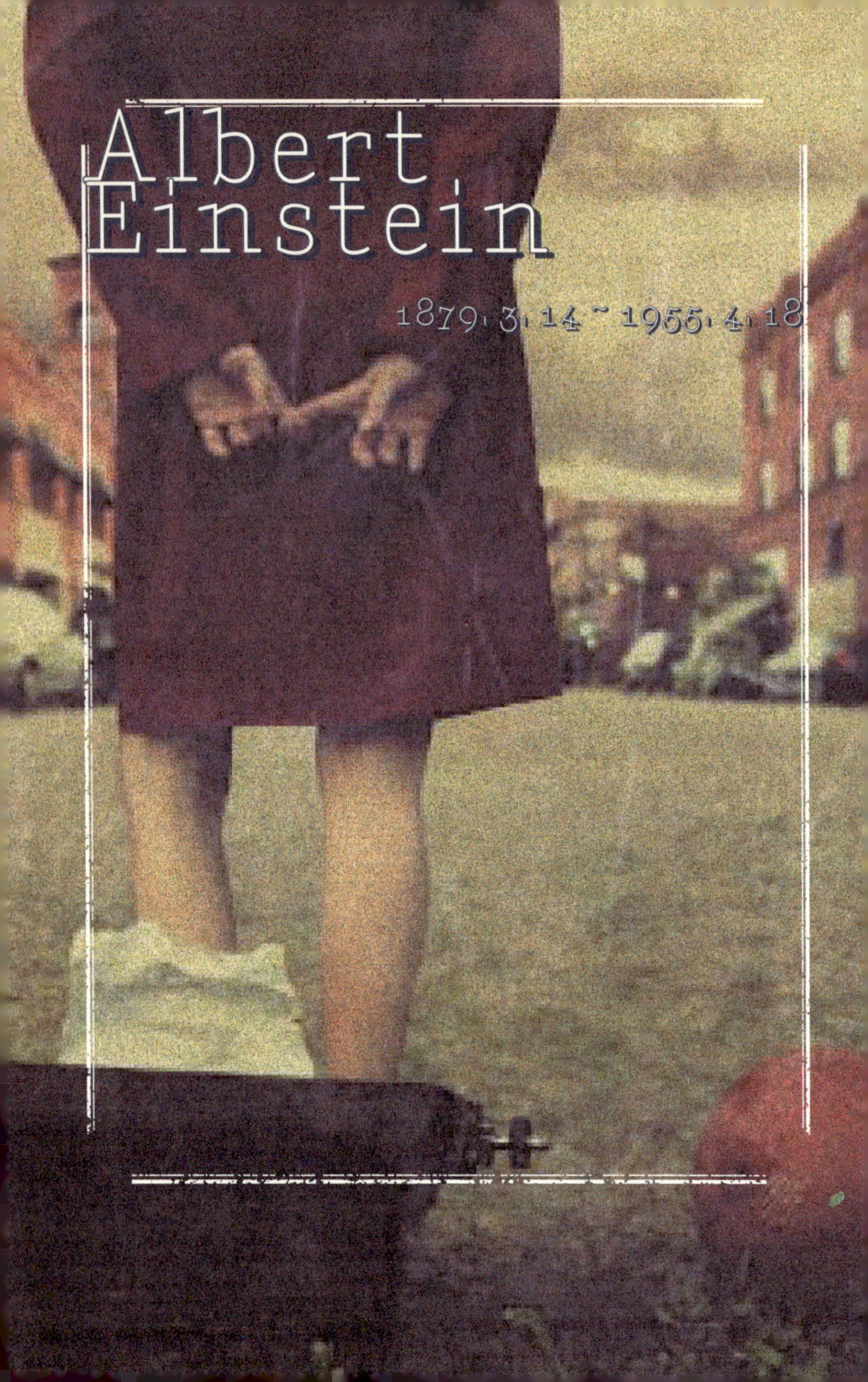

Albert Einstein

1879. 3. 14 ~ 1955. 4. 18

행복은 남과 비교하지 않는 것입니다

남자아이는 발육이 느렸습니다.

좀처럼 말을 떼지도 못했습니다.

읽기와 쓰기를 배우는 데도 시간이 걸렸습니다.

초등학교에 입학했지만

적응하지 못하고 여러 차례

전학을 다녀야 했습니다.

중학교의 엄격한 교육제도도

소년에게는 맞지 않았습니다.

급기야 선생님에게서

"지적 수준이 떨어지고 늘 바보 같은 꿈만 꾼다"라는

비난을 받고 퇴학을 당하게 됩니다.

이후 대학 입학 시험에도 떨어졌습니다.

이듬해, 대학에 입학했지만

강의를 빼먹는 날이 더 많았습니다.

조교로 대학에 남길 원했지만

교수들의 반대로

공업학교 임시 교사가 됩니다.

박사학위를 취득하기 위해

논문을 썼지만

학계의 인정을 받지 못해

결국 학위를 따지 못합니다.

당신은 그의 인생을 어떻게 평가하겠습니까?

실패한 삶 혹은 불운한 삶…….

하지만 그는 다시 논문을 쓰기 시작해

다섯 편의 논문을 제출했습니다.

서른 살에 박사학위를 따고 대학 조교수로 임명됩니다.

서른두 살에 교수가 되고,

서른일곱 살에 물리학의 새로운 이론을 발표하고,

마흔두 살에 노벨 물리학상을 수상합니다.

그는 우리에게 이렇게 말합니다.

//아무도 나에게 기대하지 않았다.
그래서 행복했다.//

그는 다른 누구의 평가도 기대하지 않고
그저 좋아하는 연구만 계속했던 것입니다.

그는 세상에서 가장 중요한
행복의 이론을 알고 있었습니다.

//행복은 자신이 선택하는 것이다.
다른 누구와의 비교도,
다른 누구의 평가도
중요하지 않다.//

당신의 인생은 타인이 평가하는 게 아닙니다.

자신이 가장 좋아하는 일을 하는 데

열정을 쏟으세요.

열정은 절망을 희망으로 바꿉니다.

당신의 인생에는 큰 희망이 있습니다.

알버트 아인슈타인
Albert Einstein, 1879. 3. 14. ~ 1955. 4. 18.

독일 출신의 이론 물리학자. 다섯 살 때 아버지에게 방위자석을 받고 과학에 흥미를 가지기 시작했다. 스위스 국립공과대학을 졸업한 후 임시 교사를 거쳐 1905년 '광양자가설' '브라운운동이론' '특수상대성이론'과 관련한 다섯 편의 귀중한 논문을 발표했다. 1916년 '일반상대성이론'을 발표했으며 1921년 광양자가설에 기초한 광전효과의 이론적 해명으로 노벨 물리학상을 수상했다.

Mahatma Gandhi

1869. 10. 2. ~ 1948. 1. 30.

28

위인도 처음에는
평범한 사람이었습니다

당신은 다른 사람보다 지능이 떨어진다고
느낀 적이 있나요?

당신은 다른 사람보다 기억력이 나쁘다고
생각한 적이 있나요?

당신은 부모님과의 중요한 약속을
어긴 적이 있나요?

당신은 미성년자일 때 호기심에
담배를 피운 적이 있나요?

당신은 누군가의 지갑에서
돈을 훔친 적이 있나요?

당신은 긴장감으로 무릎이 떨리고 머리가 혼란스러워
그 자리에서 도망친 적이 있나요?

당신은 사람 대하기가 두려워
일을 하면서도 사람들과 거의 이야기를 나누지 않거나
방 안에 틀어박힌 적이 있나요?

혹시 이런 경험 때문에
자기혐오에 빠졌을 때는 한 남자를 떠올려보세요.
그 남자는, 이 모든 것을 경험했습니다.
수많은 실수를 저질렀죠.

그는 인간이기 때문에 누구나
실수를 저지를 수 있다고 생각했습니다.

그래서 잘못을 저지른 사람을 용서하고,
사랑했습니다.

하지만 사람들에게
깊은 상처를 주는 폭력과 차별만은
용서할 수 없었습니다.

남자는 홀로 일어섰습니다.
그는 무기나 날선 비판을
전혀 사용하지 않고 싸웠습니다.
남자는 비폭력적으로
사랑과 평화를 외쳤습니다.
그 남자는 '인도 독립의 아버지'라고 불리는
마하트마 간디입니다.

천재는 타고나지만,
위인은 생각에 의해 태어납니다.

//당신이 하는 거의 모든 일은
사소하다.
하지만 당신이 그것을 한다는 것은
매우 중요하다.//

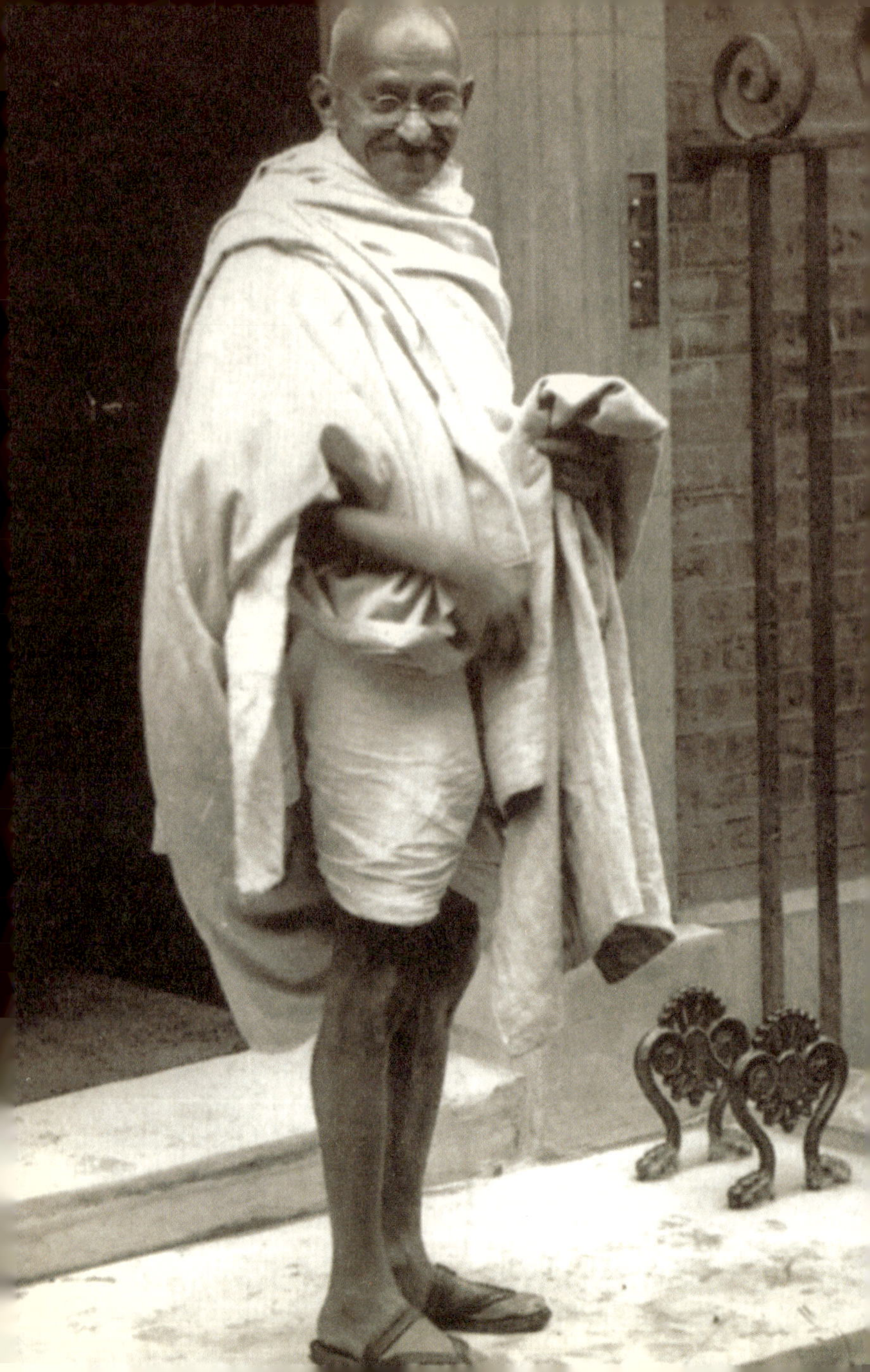

자신이 되려고만 생각하면

누구나 위대한 사람이 될 수 있습니다.

위인도 처음에는

당신처럼 평범한 사람이었습니다.

지금 바로 결정하세요.

어떤 인생을 선택할지.

마하트마 간디
Mahatma Gandhi, 1869. 10. 2. ~ 1948. 1. 30.

인도의 정신적 지도자. 인도 포르반다르(현 구자라트) 출신으로 1891년 변호사 시험에 합격해 남아프리카공화국에서 개업했지만 인도 노동자들이 받는 차별과 학대에 항의, 평등권 획득 투쟁을 지도했다. 제1차 세계대전 후에는 인도 독립을 위해 인도 국민회의에 가담해 불복종운동을 전개했다.

Alexander Graham Bell

1847. 3. 3. ~ 1922. 8. 2.

29

모든 만남에는
이유가 있습니다

소년의 아버지는 대학교수로
농아들에게 말하는 능력을
향상시키는 방법을 고안한
사람이었습니다.
소년의 어머니는 농아였습니다.
하지만 어머니는 소리를
받아들이는 기구로 말하는 훈련을 해
피아노 교사가 되었습니다.

소년은 부모님의 열정을 보고
감동받았습니다.
그리고 소년도 언어 훈련을 시키는

교사가 되었습니다.
그는 농아를 대상으로 하는
발성 지도의 일인자가 되었습니다.
또한 농아를 위한
음향 기구를 연구했습니다.

그 무렵,
전기공인 남자와 만나
친구가 됩니다.
이 만남이 그에게 축복이 되어
전화기를 발명하게 됩니다.
그의 이름은
알렉산더 그레이엄 벨.

그는 미국의
2대 발명가 중 한 명으로 불립니다.
소리의 세기를 나타내는 단위
dB데시벨의 '벨'은
그의 이름에서 따온 것입니다.

//늘 다니던 길을 벗어나
숲 속으로 몸을 던져라.
그러면 반드시 전에 보지 못한
무언가를 발견하게 될 것이다.//

미국 뉴저지 주 루슨트 벨 연구소
로비에 새겨진 벨의 명언입니다.

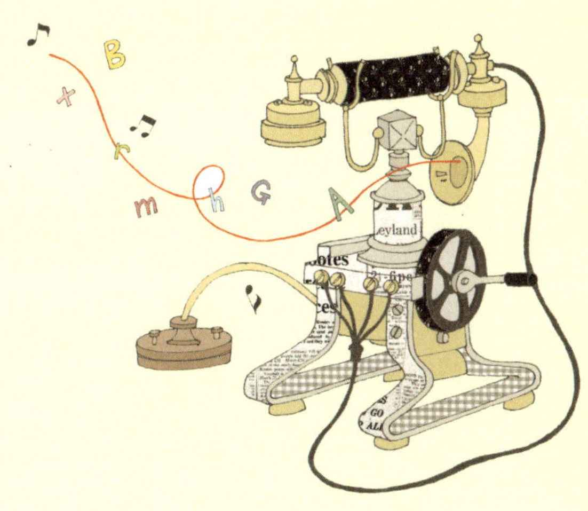

그 후 그는 청각 검사기도
발명했습니다.
그는 농아에게
계속해서 희망을 주었습니다.
그의 이름을 듣고
헬렌 켈러의 부모가
찾아왔습니다.

그는 헬렌에게
앤 설리번 선생님을
소개해줬습니다.
그 만남은
기적을 낳았습니다.

그는 우리에게 가르쳐줍니다.

　　　　　'만남은 축복'이라고.

좋은 만남이
행복을 가져다줍니다.

좋은 만남이
기적을 낳습니다.

좋은 만남이
꿈을 이뤄줍니다.

알렉산더 그레이엄 벨
Alexander Graham Bell, 1847. 3. 3. ~ 1922. 8. 2.

영국 스코틀랜드 출신의 과학자이자 발명가. 아버지는 농아에게 발성법을 가르치는 전문가였다. 보스턴 대학의 음성생리학 교수가 되면서 전화기에 대한 실험을 본격적으로 시작했다. 그리고 고막 연구를 통한 진동판 원리에 착안해 전화기를 발명했다. 1877년 벨 전화회사를 설립, 전자공학 분야 등에서 수많은 인재를 배출했다. 이 회사는 미국 최대의 전화회사 AT&T의 전신이기도 하다.

Hans Andersen

1805. 4. 2. ~ 1875. 8. 4.

30

인생은 신에 의해 쓰인
한 편의 동화입니다

그의 집은 가난했습니다.

가족이 사는 방은 달랑 하나.

구두 수선공이었던 아버지는 병약해

소년이 열한 살 때 세상을 떠났습니다.

노래와 연기에 재능이 있었던 소년은

열네 살 때 여러 극단을 찾아가

입단을 요청하지만

번번이 퇴짜를 맞았습니다.

그 후에도 좌절은 되풀이됩니다.

대학도 중퇴했습니다.

극도의 불안감.

사람을 잘 못 사귀는 성격.
못생긴 외모.
실연의 연속.
그는 결국 혼자서 도보 여행을
떠났습니다.
이 여행이 그의 인생을
바꾸어놓게 됩니다.

스물세 살,
여행 중에 쓴 여행기를 자비로 출판했는데,
그 책이 큰 화제가 된 것입니다.
자신의 재능을 깨달은 그는
동화를 쓰기 시작합니다.

『벌거벗은 임금님』
『미운 오리 새끼』
『인어공주』
『엄지공주』
『성냥팔이 소녀』
『빨간 구두』

그가 쓴 동화는
전 세계 어린이들에게
깊은 감동을 주었습니다.
그의 이름은
한스 안데르센.

그가 일흔 살에 세상을 떠났을 때
그의 장례식에는
덴마크의 황태자와 각국의 대사뿐만 아니라
아이들부터 노인, 부랑자까지 찾아와
애도했습니다.

그는 우리에게 이렇게 말합니다.

//나의 역경은 정말 축복이었다.
가난했기에
『성냥팔이 소녀』를 쓸 수 있었고,
못생겼기에
『미운 오리 새끼』를 쓸 수 있었다.//

모든 사람의 인생은

신에 의해 쓰인

한 편의 동화입니다.

그 사실을 깨닫는 순간

당신은 행복해질 수 있습니다.

한스 안데르센
Hans Andersen, 1805. 4. 2. ~ 1875. 8. 4.

덴마크 출신의 동화 작가이자 시인. 1829년 여행기 『홀멘 운하에서 아마게르 섬 동쪽 끝까지의 도보 여행』을 자비로 출판, 유럽 각국에서 번역 출판되며 호평을 받았다. 그 후 『벌거벗은 임금님』『미운 오리 새끼』『인어공주』『엄지공주』『성냥팔이 소녀』『그림 없는 그림책』 등의 명작을 내놓았다.

Lance Armstrong

1971. 9. 18. ~

31

오늘은 남은 인생을
시작하는 첫날입니다

열여섯 살 때부터 철인 3종 경기의
프로 선수로 활약했던 소년은
스무 살이 되자 사이클로 종목을 바꿉니다.
미국 챔피언이 되어 올림픽에도 출전합니다.
스물한 살, 프로 선수로 전향해
세계 최대 레이스에서 우승합니다.

하지만 순풍에 돛 단 것 같았던
그의 인생에 비극이 덮칩니다.
스물다섯 살, 의사에게 고환암이라는
악성 암 선고를 받은 것입니다.
게다가 폐와 뇌에도 전이되어

생존율이 50%라는 말을 들었습니다.

그러나 의사의 실제 진단은

생존율 20%였습니다.

그래도 그는 레이스 복귀에 대한

희망을 버리지 않고

일반적인 치료를 거부한 채

위험한 수술을 받습니다.

그 결과, 기적적으로 목숨을 구합니다.

그는 곧바로 재활 훈련을 시작하고

트레이닝도 재개합니다.

스물여섯 살, 사이클 레이스에 복귀합니다.

그는 우리에게 이렇게 말합니다.

"오늘은 남은 인생을 시작하는 첫날이다."

죽음과 맞서며 그는 깨달았습니다.

사랑의 소중함과 생명의 위대함에 대해.

그리고 사이클 레이스를 통해

암 퇴치 활동을 벌이겠다고 맹세했습니다.

그것이 자신의 사명이라고.
그는 자신의 인생에 새로운 의미를 부여한 것입니다.

스물여덟 살, 그는
세계 최대 사이클 레이스에 두 번째 출전해 우승합니다.
이 대회의 주행 거리는 3,500km.
하루 약 200km를 3주간,
시속 40km 이상 달리는 가혹한 레이스였습니다.
그로부터 그는 무려 7년 동안
세계 최고 권위를 자랑하는 사이클 대회인
'투르 드 프랑스Tour de France'에서 연속 우승이라는
놀라운 기록을 세웁니다.
그의 이름은
랜스 암스트롱.

은퇴 후에는 현역 선수 시절부터 해왔던
암 퇴치 활동에 더욱 전념했습니다.
서른여덟 살, 그는 다시 레이스에 복귀했습니다.
세계 800만 명의 암 환자가 생명을
잃고 있는 세상을 바꾸기 위해서입니다.

인생에 일어나는 일에는 의미가 없습니다.
자신이 의미를 부여하기 전까지는.

그는 자신의 병에 의미를 부여했습니다.
"암은 내 인생에 일어난 최고로 좋은 일이었다."

암을 계기로 그는 인생에 의미를 부여할 수 있었습니다.

멋진 인생이란,
삶에 가치 있는 의미를 부여하는 것입니다.

랜스 암스트롱
Lance Armstrong, 1971. 9. 18. ~

미국 텍사스 주 출신의 사이클 선수. 스물한 살 때 사상 최연소로 세계자전거선
수권에서 우승해 유명해졌다. 1996년 고환암이 발병하지만 극복하고 1999년
'투르 드 프랑스'에서 개인 종합 우승을 시작으로 전대미문의 7연패를 달성한
후 은퇴했다. 현재는 사이클 선수 육성에 주력하면서 암 퇴치 운동에 앞장서고
있다.

John Wanamaker

1838. 7. 11. ~ 1922. 12. 12

32

내가 대접받고 싶은 대로 남을 대접하세요

가난한 가정에서 태어난 존은
열 살 때부터 가계를 위해
아버지의 일을 도왔습니다.
그리고 그 대가로 받은 10센트를
꾸준히 저금했습니다.

어느 크리스마스,
존은 그동안 저금한 돈으로
사랑하는 어머니에게 드릴 선물을 사기 위해
액세서리 가게에 갔습니다.
그곳에서 예쁜 브로치를 샀습니다.
하지만 곧바로 더 좋은 상품이 눈에 들어와

가게 주인에게 교환을 부탁했습니다.

그러자 주인은

"그건 안 된다"라고 말했습니다.

사실 존이 산 물건은

재고품이었습니다.

가게 주인의 말에

존은 큰 상처를 받았습니다.

그때 존은 결심했습니다.

'만약 내가 나중에 장사를 하게 되면

고객이 원할 때는

언제든 상품을 교환해줘야지.'

존이 또 다른 가게에 들어갔을 때의 일입니다.

원하는 상품이 없어서 나오려는데

주인이 붙잡았습니다.

그러고는

"가게에 들어왔는데

뭐든 사가지 않으면 실례이지"라고

말했습니다.

그래서 억지로 상품을 사야만 했습니다.

그때 존은 결심했습니다.
'만약 내가 나중에 장사를 하게 되면
고객이 가게의 상품을
편안하게 볼 수 있게 해야지.'
이 경험이 나중에 백화점의 왕,
존 워너메이커를 탄생시키는 데
결정적 역할을 합니다.

그는
'장사란,
고객을 제일로 삼아야만 한다.
고객을 행복하게 해야만 한다.
장사는 봉사이다'
라는 신념으로
미국 최초의 백화점을 만들었습니다.
그리고 환불제도와 정찰판매제도,
세일 등을
처음으로 고안해냈습니다.
'어머니날'에 선물하자는 아이디어도
그의 머릿속에서 나온 것입니다.

//내가 대접받고 싶은 대로
남을 대접하라.//

열네 살 때
다니기 시작한 교회에서
성경 공부 시간에 배운 이 말은
존이 소중하게 생각하는
또 하나의 가르침입니다.
이 가르침은
지금도 많은 사람들에게
교훈이 되고 있습니다.

당신은 어렸을 때
어떤 가르침을 받았나요?

어렸을 때 얻은 가르침은
성공의 씨앗이
될 수 있습니다.

그런데 이 씨앗을
마음속에 담아두기만 한 것은
아닌가요?

씨앗이 아름다운 꽃을

피울 수 있도록

노력해보세요.

존 워너메이커
John Wanamaker, 1838. 7. 11. ~ 1922. 12. 12.

미국 펜실베이니아 주 필라델피아 출신의 실업가. 백화점의 왕. 1861년 남성 의류품점 '오크홀 양화점'을 개업했다. '고객 제일' '판매는 서비스'라는 신념으로 환불제도와 정찰판매제, 세일 등을 처음으로 실시했다. 1875년 미국 최초의 백화점을 필라델피아에 세우고 이후 열여섯 개의 백화점을 설립했다. '어머니날'의 정착과 법제화에도 공헌했으며 1889년에는 우정장관에 취임했다.

Bill Clinton

1946. 8. 19. ~

33

당신의 열정을
다른 사람에게 전해주세요

당신이 누군가와
마지막으로 악수를 한 것은
언제였던가요?

기억에 남는 악수는
누구와의 악수였나요?

악수를 했을 때,
무엇이 전해졌나요?

열일곱 살 소년은 어느 무더운 여름날,
한 사람과 악수를 했습니다.

소년에게 그것은

아주 뜨거운 악수였습니다.

그 악수는,

소년의 인생을 단번에 바꿔버렸습니다.

아버지의 죽음, 의붓아버지의 폭력…….

불우한 환경으로 인해 소년이 안고 있던

괴로운 감정을

그 악수가 날려버렸습니다.

악수를 통해 전해진 열정은
소년에게 큰 꿈을 갖게 하고,
결단을 내리게 해주었습니다.

소년은 그날, 결심했습니다.

진심으로 존경하는,

악수를 해준 그 사람처럼 되자고.

아무리 어려운 일이 닥쳐도

소년은 그날의 결심을 잊지 않았습니다.

그날의 악수는 30년 후,

소년을 미국 대통령으로 만들었습니다.

소년의 이름은

빌 클린턴.

그리고 뜨거운 악수를 해준 사람은

당시 미국 대통령이었던

존 F. 케네디.

리더의 열정은

다음 리더의 열정에

불을 붙입니다.

열정은 릴레이 경기처럼
또 다른 사람에게
전해집니다.

오늘도 누군가가
열정의 악수를 기다리고 있습니다.

당신의 열정을
다른 사람에게 전해주세요.

빌 클린턴
Bill Clinton, 1946. 8. 19. ~

미국 제42대 대통령. 미국 아칸소 주 출신으로 고등학교 재학 중이던 1963년
여름에 참가한 '보이스네이션'을 통해 백악관에 초청되어 케네디 대통령과 악
수하면서 자신도 대통령이 되겠다고 결심했다. 1978년 아칸소 주지사에 당선
되었으며, 이후 1993년 미국 대통령에 취임하고 재선에 성공했다. 평소 평화
활동의 공을 인정받아 간디상을 수상했다.

Phil Knight
1938. 2. 24. ~

34

열정은 모든 것을
끌어당깁니다

대학 시절,

육상 선수였던 청년은

운동화를 만드는 사업가가 되겠다는

꿈을 꿨습니다.

우선 일본의 운동화 브랜드 제품을 들여와

미국에서 팔기로 결심합니다.

대학 시절의 코치에게 동업을 제안하고

500달러씩 출자해 회사를 세웠습니다.

청년과 코치 외에 사원은 단 한 명.

청년은 사업이 안정될 때까지

아르바이트를 하면서

자신의 트럭에 신발을 싣고 팔러 다녔습니다.

드디어 청년과 코치는
독자적인 상품을 개발하기 시작했습니다.
어느 날,
우연히 와플 굽는 틀을 보고는
코치의 머리에 아이디어가 번뜩였습니다.
"이것을 운동화 밑창에 적용해보자!"
그 결과 이제까지 없던
멋진 쿠션 운동화가 탄생했습니다.
모델명은 '와플 트레이너'.
회사명은 그리스 신화 속 승리의 여신인
'니케'를 영어식으로 발음한
'나이키'로 정했습니다.

그들은 그 후에도 뛰어난
기능성 운동화를 개발해
선수들에게 제공했습니다.
그리고 그들은 무명의
신인 농구 선수를 만납니다.
이름은 마이클 조던.
그들은 그 신인 선수를 위해

'에어 조던' 이라는
하이테크 운동화를 개발했습니다.

일본의 운동화를 수입해
단돈 7달러에 판매하던
그날로부터 22년 후.
청년이 개발한 운동화는
200달러의 '전설의 운동화'가 되었습니다.
그의 이름은
필 나이트.
그의 회사 나이키는 주식시장에 상장되어
미국에서 가장 높은 수익을 올리는 기업 중
하나가 되었습니다.

Just Do It!

나이키 광고에 등장하는 말입니다.

실패에 대한 두려움을 딛고 일어서서
지금 당장 시작하세요.

열정은

모든 것을 끌어당깁니다.

열정은

신의 축복을 부릅니다.

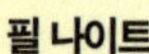

필 나이트
Phil Knight, 1938. 2. 24. ~

미국 오리건 주 포틀랜드 출신의 실업가. 1964년 오리건 대학 육상부원이었던
그는 대학 시절의 코치 빌 바우어만과 함께 일본에서 수입한 오니쓰카 타이거
(아식스의 전신) 운동화를 판매하는 회사를 만들었다. 그 후 독자적인 운동화 개
발에 나서 1978년 정식으로 나이키를 설립했다. 그는 고기능성 운동화와 참신
한 광고 마케팅 전략으로 대성공을 거두었다.

RUNNING

Benjamin
Franklin
1706. 1. 17. ~ 1790. 4. 17.

성공에 필요한 모든 요소는 당신 안에 있습니다

만약 다음과 같은 이력서를 보여준다면
당신은 이 청년을 채용할 수 있을까요?
이 청년에게 어떤 일을 맡길 수 있을까요?

여덟 살, 학교 입학, 다음 해 퇴학.
아홉 살, 재입학, 다음 해 퇴학.
열두 살, 형이 운영하는 인쇄회사 입사.
열일곱 살, 퇴사.
열여덟 살, 다른 인쇄회사 입사, 퇴사.
스물한 살, 인쇄회사 재입사, 퇴사.

만약 그 청년에게서 '내재된 재능'을 발견하지 못했다면 당신은 세상에 큰 손실을 주었을지 모릅니다.

청년의 다음 이력서는 다음과 같습니다.

스물두 살, 인쇄회사 개업.

스물세 살, 신문 발행.

스물다섯 살, 미국 최초 대학 도서관 설립.

스물여섯 살, 책 출판.

서른 살, 국회 서기.

서른두 살, 국영 인쇄소 최고경영자 취임 및

미국 최초 소방서 창설.

마흔두 살, 국영 우체국 창설.

마흔다섯 살, 대학 건립.

일흔한 살, 미국 독립선언문 초안 작성.

이것은 그가 이뤄낸 공적의

아주 작은 부분에 불과합니다.

만약 미국이 그를 '채용'하지 않았다면,

지금의 미국은

존재하지 않을지도 모릅니다.

'미국 건국의 아버지'라고 불리는
그의 이름은
벤자민 프랭클린.
그의 얼굴은
미국 최고가 지폐인 100달러짜리에
인쇄되어 있습니다.

그는 고작 2년간의 학교 교육밖에
받지 못했지만
자신에게 '내재된 재능'을 찾아내
끊임없이 갈고닦았습니다.

성공을 거둔 위대한 인물들은
우리에게 가르쳐줍니다.

//성공에 필요한 모든 요소는
바로 여기, 당신 안에 있다.//

당신에게는 내재된 재능이 있습니다.
그 재능을 꺼내 갈고닦으세요.

당신의 성공은

약속되어 있습니다!

세상이 당신의 성공을

기다리고 있습니다!

벤자민 프랭클린
Benjamin Franklin, 1706. 1. 17. ~ 1790. 4. 17.

'미국 건국의 아버지'라고 불리는 정치인이자 과학자. 미국 매사추세츠 주 출신
으로 열두 살 때 형의 인쇄회사에 입사한 후 필라델피아로 이주해 인쇄회사를
개업하고 인수한 신문사에서 출판한 달력으로 부를 쌓았다. 나중에는 정치 활
동에 전념해 1776년 '독립선언서' 초안에 제퍼슨을 도와 다섯 명의 정치가와 함
께 서명했다. 또 피뢰침 등을 발명하는 등 과학 분야에서도 업적을 남겼다.

Howard Schultz

1953. 7. 19. ~

당신은 어떤 비전을
갖고 있나요?

가난한 집안에서 태어난 소년은
아버지를 존경할 수 없었습니다.
중학생이 되자 그는
가난을 원망하며
아버지와 대립했습니다.
가족의 생계를 위해
힘든 일을 전전하던 아버지는
폐암에 걸려 세상을 떠납니다.

아버지의 죽음을 계기로
소년의 생각은 크게 바뀌었습니다.
세상에는 아버지처럼 열심히 일해도

정당한 보상을 받지 못하는
사회와 조직이 있다는
사실을 깨달은 것입니다.
소년은 그때 마음속으로 맹세했습니다.
언젠가 내가 회사를 세운다면
최선을 다하는 사람이
보상받는 조직을 만들겠다고.

그는 자신이 이상으로 여기는 회사를
상상했습니다.
그 회사를 경영하는 자신의 미래를
상상했습니다.
마침내 소년은 대학을 나와
세일즈를 시작합니다.
출장 차 방문한 시애틀의 한 카페에서
그의 인생을 바꾸는
한 잔의 커피와 만납니다.
당시 미국에서는 드물었던
이탈리안 스타일의 커피를 파는 카페,
스타벅스.

그는 그 커피에 매료되어
미래를 상상했습니다.
이 이탈리안 스타일의 커피가
미국에 퍼져
모두가 즐기는 모습을.
그는 누구나 불가능하다고 여기는 꿈에
다가가기 위해
열정을 불태웠습니다.
스타벅스를 프랜차이즈점으로 만들어
그 커피를 세계에 퍼뜨리고자 했습니다.

그는 우리에게 이렇게 말합니다.

//나는 커피 한 잔 한 잔에
나의 마음을 쏟아 붓는다.
만일 지금 하고 있는 일에
마음을 쏟아 붓는다면,
다른 사람들이
불가능하다고 여기는 꿈을
실현할 수 있을 것이다.
그것이 바로
인생을 풍요롭게
만드는 것이다.//

그의 이름은

하워드 슐츠.

그의 열정은
세계 50여 개국으로
퍼져 나갔습니다.

비전이란

다른 사람이 미처 보지 못한 것을

먼저 깨닫는 것입니다.

당신은 어떤 비전을

갖고 있나요?

하워드 슐츠
Howard Schultz, 1953. 7. 19. ~

미국 뉴욕 브루클린 출신의 스타벅스 회장 겸 CEO. 1982년 점포가 네 개밖에 없던 스타벅스에 입사했다. 1986년 일시적으로 회사를 떠나지만 1987년 현지 투자사의 지원을 받아 회사를 인수한 이후 수많은 실적을 남기며 회사를 이끌었다. 1990년에는 전미 민간 기업으로는 최초로 종업원을 대상으로 연 1회의 스톡옵션이라는 형태의 주식 제공을 실현했다.

Steve Jobs

세상은 상식을 깨는
사람들에 의해 진화합니다

당신은 이런 사람을
친구로 삼을 수 있을까요?

자기 마음대로 행동하고 고집이 세다.
지기 싫어하고 말을 함부로 한다.
이상이 높고 완벽주의자이다.
지식도 없으면서 잘난 척한다.

한 청년은 그런 괴짜 고교생과 만났습니다.
게다가 두 사람은 이름이 같았습니다.
청년은 자신과는 용모도, 성격도
완전히 상반되는 괴짜에게 왠지 끌렸습니다.

일마 후 그 괴짜는 대학을 중퇴하고
게임회사에 기획자로 취직했습니다.
괴짜는 자신이 기획한 게임을
청년이 만들도록 해 불과 4일 만에
'브레이크 아웃벽돌 깨기' 게임이 완성됩니다.
이 경험이 계기가 되어
청년은 아예 컴퓨터를 만들어버립니다.

그러나 게임회사는 그 컴퓨터에
전혀 관심을 보이지 않았습니다.
한편 괴짜는
그 컴퓨터에서 무한한 가능성을 발견했습니다.
그리고 청년에게 회사를 만들자고 제의했습니다.

이 괴짜는 자기 차를 팔고,
청년은 보물처럼 여기던 프로그램 계산기를 팔아
자금을 마련했습니다.
청년의 이름은 스티브 워즈니악, 스물여섯 살.
괴짜의 이름은 스티브 잡스, 스물한 살.
두 사람은 창고에서 회사를 설립했습니다.

회사의 이름은 '애플컴퓨터'.

그것은 상식을 뒤엎는 세계 최강의

개인용 컴퓨터 기업의 탄생이었습니다.

그들의 열정은

컴퓨터산업 전체를 바꾸어놓았습니다.

그것은 혁명과도 같은 일이었습니다.

"누구나 쉽게 사용할 수 있는 컴퓨터를 만들자."

"주머니에 넣어 다닐 수 있는 뮤직 플레이어를 만들자."

그들의 아이디어는 사람들의 생활을 바꿨습니다.

그리고 세상을 바꿨습니다.

세상은 상식을 파괴하는 사람들에 의해 진화합니다.

상식, 규칙 따위는 날려버리세요!
인생은 가능성으로 가득 차 있습니다

스티브 잡스
Steve Jobs, 1955. 2. 24. ~ 2011. 10. 5.

미국 캘리포니아 주 출신의 기업가로 애플컴퓨터 창설 멤버 중 한 명이다. 1996년 매킨토시 컴퓨터를 선보이며 성공을 거두지만 회사 내부 사정으로 애플을 떠난 뒤 넥스트를 세웠다. 그러나 애플이 넥스트스텝을 인수하면서 경영 컨설턴트로 복귀했다. 이후 애플 CEO로 활동하면서 아이폰과 아이패드를 출시, IT업계에 새로운 바람을 불러일으켰다.

스티브 워즈니악
Steve Wozniak, 1950. 8. 11. ~

미국 캘리포니아 주 출신의 기업가로 스티브 잡스와 함께 애플컴퓨터를 창설했다. 일반인들도 쉽게 사용할 수 있는 개인용 컴퓨터 '애플 I'과 '애플 II'를 개발했다. 스티브 잡스와 경영 방식의 차이 등으로 퇴사했지만 1997년 상담이사로 애플에 복귀했다. 2000년 6월 애플 I이 오늘날 개인용 컴퓨터가 갖춰야 할 모든 요소를 갖춘 것으로 평가받아 '발명가 명예의 전당'에 입성했다.

일곱 명의 산타클로스

크리스마스 밤, 인생에 절망을 느낀 한 사람이
울다가 지쳐서 잠이 들었습니다.
그리고 그는 여러 사람들과 이야기를 나누는 꿈을 꿨습니다.

"들어보세요. 저는 파산했습니다. 연인도 잃었습니다.
 선거에서는 여덟 번이나 떨어졌습니다."
_제16대 미국 대통령 에이브러햄 링컨

"정말요, 그래서요?"

"들어보세요. 저는 언어 장애를 가지고 있어요.
 입시에서는 세 번이나 떨어졌습니다.
 선거에서도 두 번이나 낙선했지요."
_영국 전 총리 윈스턴 처칠

"정말요, 그래서요?"

“들어보세요. 다들 저보고 지능이 낮다고 합니다.
 직장에서 두 번이나 잘렸습니다.
 어떤 연구에서는 1만 번이나 실패했지요.”
                              _발명왕 토머스 에디슨

“정말요, 그래서요?”

“들어보세요. 저는 일곱 번이나 사업에 실패하고
 다섯 번이나 파산했습니다.”
                              _자동차왕 헨리 포드

“정말요, 그래서요?”

“들어보세요. 저는 말도 잘하지 못하고,
 읽고 쓰기를 배우는 데도
 시간이 걸리고, 망상에 빠지는 버릇도 있어서
 어떤 학교에서도 받아주지 않았습니다.”
                    _20세기 최고의 천재 알버트 아인슈타인

“정말요, 그래서요?”

"들어보세요. 저는 가게도, 재산도 잃었습니다.
게다가 아들까지 잃었습니다.
특별한 조리법의 판로를 개척하기 위해
수많은 식당을 돌아다녔지만 1,000번 이상 거절당했습니다."
_KFC 창업자 커넬 샌더스

"정말요, 그래서요?"

"들어보세요. 저는 상상력이 부족하고 감각이 없다는
이유로 회사에서 해고되었습니다.
그 후 몇 번이나 계속 파산했습니다."
_애니메이션의 신 월트 디즈니

"정말요, 그래서요?"

그 사람은 꿈속에서 일곱 명의 평범하지만
위대한 사람들과 만났습니다.
그들로부터 어떤 일에도 상처받지 않는 마음과
포기하지 않는 용기를 얻었습니다.
성공하기 전까지는 아무리 실패해도 없어지지 않을
뜨거운 열정을 받았습니다.
그 사람의 마음은 창밖의 눈을 모두 녹여버릴 정도로
뜨거워졌습니다.

인생에 한계는 없습니다.
실패를 두려워해서는 안 됩니다.

성공은 위대한 실패의 연속에서 빚어진
결과물이기 때문입니다.

열정을 갖고 위대한 실패를 되풀이하는
평범한 사람이 세계를 바꿉니다.

Merry Christmas!

윈스턴 처칠

Winston Churchill, 1874. 11. 30. ~ 1965. 1. 24.

영국의 정치가. 영국 옥스퍼드셔 주 우드스톡의 블레넘 궁전에서 태어났다. 제
2차 세계대전 중인 1940년부터 1945년까지 영국 총리를 역임했고 전후 다시
총리가 되었다. 글 쓰는 재능도 뛰어나 전기나 전쟁 기록이 중심 내용인 여덟
권의 저서를 펴냈다. 1953년 『제2차 세계대전』으로 노벨 문학상을 수상했으
며 2002년 BBC가 실시한 '위대한 영국인' 투표에서 1위를 차지했다.

토머스 에디슨

Thomas Edison, 1847. 2. 11. ~ 1931. 10. 18.

미국의 발명가. 미국 오하이오 주 밀란 출신으로 선생님에게 "왜?" "어째서?"
라는 질문을 수시로 던져 초등학교를 불과 3개월 만에 그만둬야 했다. 그 후 어
머니에게 공부를 배우면서 자택 지하에서 실험에 몰두했다. 스물한 살 때 자동
투표 기록기로 특허를 따기 시작해 자동 전신기, 축음기, 백열전구 등 생애에
걸쳐 1,300개 이상의 발명품을 탄생시켰다.

헨리 포드

Henry Ford, 1863. 7. 30. ~ 1947. 4. 7.

미국 자동차 회사 포드의 창설자. 미국 미시간 주 출신으로 견습 기계공, 가솔
린 엔진공 등을 거쳐 1903년 직원 12명과 함께 포드 자동차를 설립했다. 조립
라인 방식에 의한 양산체제인 포드 시스템을 확립했으며 합리적 경영 방식을
도입해 포드를 미국 최대의 자동차 제조업체로 키워냈다

커넬 샌더스

Colonel Sanders, 1890. 9. 9. ~ 1980. 12. 16.

KFC 창업자. 미국 인디애나 주에서 태어나 소방관, 보험 외판원. 타이어 세일
즈맨 등 다양한 직업을 거쳐 레스토랑을 개업하지만 실패한다. 하지만 그 후 자
신만의 특별한 프라이드치킨 조리법에 투자할 사람을 찾아내 식당을 새로 개
점하는데 이곳이 KFC의 시초가 되어 지금까지 전 세계인의 입맛을 사로잡고
있다.

월트 디즈니

Walt Disney, 1901. 12. 5. ~ 1966. 12. 15.

애니메이션 제작사 월트 디즈니의 창업자. 미국 일리노이 주 시카고 출신으로
열아홉 살에 애니메이션 제작회사에 취직해 애니메이터가 되었으며 그 후 제
작회사를 설립하지만 파산했다. 형과 창업한 월트 디즈니사도 급성장하는 와
중에 계약 문제 등으로 파산 직전까지 내몰리기도 했다. 바로 그때 새롭게 탄생
시킨 '미키 마우스'가 인기를 얻으며 회사 재건에 성공했다.

● 『스티븐 스필버그 인생의 결실』, 앤드류 욜 지음, 다카하시 치하루 옮김, 프로듀스센터출판국

● 『코코 샤넬이라는 삶의 방식』, 야마구치 미치코 지음, 신진부쓰오라이샤

● 『매직 존스~ 끊임없는 매직』, 조지 리베로이 지음, 모로오카 료코 옮김, TOKYO FM 출판

● 『해리포터 뒷이야기』, J. K. 롤링 · L. 프레이저 지음, 마쓰오카 유코 옮김, 사잔샤

● 『JFK 미완의 인생 1917~1963』, 로버트 달렉 지음, 스즈키 요시미 옮김, 쇼하쿠샤

● 『존 F. 케네디』, 갤러스 젠킨스 지음, 사와다 마스에 옮김, 하라쇼보

● 『성공은 쓰레기통 속에-레이 크록 자서전』, 레이 A. 크록 · 로버트 앤더슨 지음,
  야사키 치에 옮김, 프레지던트사

● 『티나 터너 사랑은 상처투성이』, 티나 터너 지음, 오가와라 다다시 옮김, 고단샤

● 『실베스터 스탤론-아메리칸 드림의 부활』, 가지와라 가즈오 지음, 고단샤

● 『나이팅게일(세계를 바꾼 사람들 5)』, 팸 브라운 지음, 가야노 미도리 옮김, 가이세이샤

● 『린드버그-하늘에서 온 남자(상)』, A. 스콧 버그 지음, 히로세 마사히로 옮김, 가도카와쇼텐

● 『일본을 사랑한 티파니』, 구가 나쓰미 지음, 가와데쇼보신샤

● 『어떻게 자신의 꿈을 실현하는가?』, 로버트 슐러 지음, 이나모리 가즈오 옮김, 미카사쇼보

● 『블루진의 문화사』, 이즈이시 쇼조 지음, 리바이 스트라우스 재팬 감수, NTT 출판

● 『행복의 힘』, 크리스 가드너 지음, 니레이 고이치 옮김, 아스펙트

● 『아인슈타인(세계를 바꾼 사람들 19)』, 피오나 맥도날드 지음, 가이세이샤

● 『스타벅스 성공 이야기』, 하워드 슐츠 · 드리 존스 영 지음, 니케이BP사

● 『우아한 여성이 되는 법-오드리 헵번의 비밀』, 멜리사 헬스턴 지음, 슈에이샤

● 『사랑과 용기를 준 사람들 ② 넬슨 만델라』, 리처드 테임스 지음, 고쿠도샤

● 『오드리 헵번』, 배리 패리스 지음, 나가이 준 옮김, 슈에이샤

● 『넬슨 만델라 전기』, 파티마 미어 지음, 구스노세 게이코 · 간노 아키라 · 스나노 유키토시 ·
  마에다 레이 · 미네 요이치 · 모토키 준코 옮김, 아카시 서점

● 『인생을 바꾼 선물-당신을 '결단의 사람'으로 만드는 11가지 레슨』, 앤서니 라빈스 지음,

가와모토 다카유키 옮김, 세이코쇼보

- 『엘비스 프레슬리-세계를 바꾼 남자』, 히가시 미치오 지음, 문예춘추

- 『Jim Carrey Unmasked!』, 로이 트래킨 지음, St Martins Mass Market Paper

- 『더 비틀즈 앤솔로지』, 더 비틀즈 클럽 감수 · 옮김, 리트뮤직

- 『간디 자서전』, 마하트마 간디 지음, 로우야마 요시로 옮김, 중앙공론신사

- 『데일 카네기에게 배우는 성공 발견의 법칙』, 자일스 캠프 · 에드워드 클래플린 지음, 다나카 다카테루 옮김, 기코쇼보

- 『프랭클린 자서전』, 벤자민 프랭클린 지음, 와타나베 도시오 옮김, 중앙공론신사

- 『마음에 즐거운 소리를-그레이엄 벨 부부전』, 헬렌 E. 웨이트 지음, 일본방송출판협회

- 『존 워너메이커-사람과 그 사업』, 아리카와 지스케 지음, 가이조샤

- 『톰 크루즈 비공식 전기』, 앤드류 모튼 지음, 고하마 가오리 옮김, 세이시샤

- 『마이라이프-클린턴의 회상』, 빌 클린턴 지음, 니레이 고이치 옮김, 마이니치 신문사

- 『패치 애덤스와 꿈의 병원』, 패치 애덤스 · 모린 마이랜더 지음, 슈후노토모샤

- 『무하마드 알리 그 인생과 시대』, 토머스 하우저 지음, 고바야시 유지 옮김, 이와나미 서점

- 『한스 크리스티안 안데르센 슬픈 도화道化』, 앨리슨 프린스 지음, 다치하라 에리카 감수, 구로다 슈운야 옮김, 이쿠아이샤

- 『저스트 두 잇-나이키 이야기』, 도널드 카츠 지음, 가지하라 가쓰노리 옮김, 하야카와쇼보

- 『에이브 링컨』, 요시노하라 사부로 지음, 도와야

- 『애플의 법칙』, 하야시 노부유키 지음, 세이슈운 출판사

- 『사랑과 빛으로의 여행-헬렌 켈러와 앤 설리번』, 조셉 P. 러시 지음, 신초샤

- 『조지 루카스』, 존 백스터 지음, 오쿠다 유지 옮김, 소니 매거진

- 『단지 마이요 존느를 위해서가 아니라』, 랜스 암스트롱 지음, 아지미네 게이코 옮김, 고단샤

- 『마돈나 영원한 아이콘』, 루시 오브라이언 지음, 미야타 세쓰코 옮김, 후타미쇼보

- 『마돈나의 진실』, 크리스토퍼 앤더슨 지음, 오자와 미즈호 옮김, 후쿠다케 서점

- 『처칠』, 가와이 히데카즈 지음, 중앙공론신사

- 『에디슨』, 오노 스스무 지음, 교세이

- 『커넬 아저씨의 놀라운 인생』, 나카오 아키라 지음, PHP 연구소

- 『지푸라기 핸들』, 헨리 포드 지음, 다케무라 겐이치 옮김, 중앙공론신사

- 『창조의 광기 월트 디즈니』, 닐 게이블러 지음, 나카타니 가즈오 옮김, 다이아몬드사

머뭇거리면
청춘이 아니다

1판 1쇄 발행 2012년 5월 10일 | 1판 4쇄 발행 2013년 6월 18일

지은이 고레히사 마사노부 | **옮긴이** 민경욱

발행인 김재호 | **출판편집인 · 출판국장** 권순택 | **출판팀장** 이기숙

편집장 박혜경 | **디자인** 그림문자 | **사진** REX, Sutterstock | **일러스트** 문다미 | **교정** 고연주

마케팅 이정훈 · 정택구 · 박수진

펴낸곳 동아일보사 | 등록 1968.11.9(1-75)

주소 서울시 서대문구 충정로3가 139번지(120-715)

마케팅 02-361-1030~3 | **팩스** 02-361-1041 | **편집** 02-361-0967

홈페이지 http://books.donga.com | **인쇄** 신사고－하이테크

저작권 ©2012 고레히사 마사노부

편집저작권 ©2012 동아일보사

이 책은 저작권법에 의해 보호받는 저작물입니다.

저자와 동아일보사의 서면 허락 없이 내용의 일부를 인용하거나 발췌하는 것을 금합니다.

ISBN 978-89-7090-888-5 03830 | 값 12,000원